·文脉中国散文库·

抛物线

钟静静 / 著

中国文联出版社

图书在版编目（CIP）数据

抛物线 / 钟静静著 . -- 北京：中国文联出版社，2016. 3（2023. 3 重印）

ISBN 978-7-5190-1311-0

Ⅰ. ①抛… Ⅱ. ①钟… Ⅲ. ①散文集—中国—当代 Ⅳ. ①I267

中国版本图书馆 CIP 数据核字（2016）第 067307 号

著　　者　钟静静
责任编辑　郭　锋
责任校对　乔宇佳
装帧设计　中联华文

出版发行　中国文联出版社有限公司
地　　址　北京市朝阳区农展馆南里 10 号　　　邮编　100125
电　　话　010-85923025（发行部）　　　85923091（总编室）
经　　销　全国新华书店等
印　　刷　三河市华东印刷有限公司

开　　本　710 毫米×1000 毫米　1/16
印　　张　14. 25
字　　数　142 千字
版　　次　2023 年 3 月第 1 版第 2 次印刷
定　　价　75. 00 元

抛物线——不管你怎么扔，力大力小都没关系，扔近扔远更无所谓，一条谁都能率性书写的美丽弧线！当然，有一个条件，那就是你必须抬起头来，朝着高处，向着阳光。

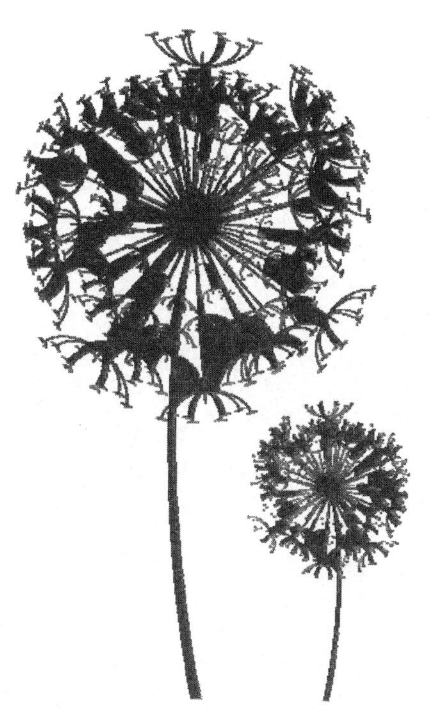

【自　序】

生活·文字·成长

舌尖美食泛滥，心灵鸡汤横溢。于是，味蕾麻木，心尘结垢。

只有生活，永远是真实的。

生命需要经营，生活当然也不例外。经营生活，除了过日子，我还给日子做点脚注，理解它，欣赏它。这脚注，便是文字。

我写过很多关于自己和文字之间的故事，那种错过文字时的遗憾、喜爱文字时的紧张以及驾驭文字时的力不从心，让我感觉自己应该是得了永远都无法治愈的单相思。虽然只是单恋，但我决不放弃。就算无法驾驭它们，能够陪伴，也是好的。

生活与我们朝夕相处，如日月轮回，从不因我们个人的喜好而改变。所谓的成长，便是能与生活这位哲人谈笑风生。而文字，是游荡在生活与心灵之间的精灵。它们拂去心灵的雾霾，揭开生活的面纱，捧出人生的真谛，奏响幸福的旋律。爱上文字，便会更加热爱生活。

也正是生活，让我爱上文字，让我有着一种强烈的表达欲。清楚地记得，9 年前的那个办公室里，我花了几天的时间，断断续续地写下那篇《走过风风雨雨的日子》。写它的过程，纠结，痛苦。试想，把一个已经结痂十多年伤疤重新揭开，那是一种怎样的痛。然而，也正是这一次痛，让我开始了文字之旅。9 年来，我以博客为盒，将生活的馈赠小心存放。700 多篇文章，近百万字。这是我对生活的注解，更是我成长的痕迹。

阅读接纳是一种成长，在汲取中成长；讲述生活也是一种成长，在反思中成长。从最初的絮絮叨叨，到后来的有感而发；从一开始的三言两语，到如今的娓娓道来；从逼着自己每天必须记录一点到几天不写便满是负罪感……我收获的，是毅力，是思考的习惯，更是与生活握手言和的能力。

借此次整理文章，回顾这些年来所记录的文字，心中无尽的感激。感谢文字，将生活对我的馈赠尽数收藏；感谢文字，让我有机会对话生活，悟得智慧；感谢文字，让我放慢脚步，等待灵魂，更让我明白，适时的驻足，是一种成长。

是为序。

钟静静

2016.4

目　录

【第五辑】 成长花絮

【后记】

第一辑 心情涂鸦

走近王阳明

昨天考试结束后，与方老师一起去了王阳明故居。早就想去看看了，能遇上与方老师同行，实在是一件开心的事。

在同事眼中，方老师人如其姓——“方”（其实就是那种读书人所特有的“迂”吧）。我想这与她读了比较多的书不无关系。她每天晚上都有看书的习惯。只是有些人善于把那种“迂”藏在深处，不表露在语言与行动上，而她则把它们全表现出来了而已。就像昨天我们在吃饭时晚到了，面对饭桌上“你们两个去逛街了吗”的问题，我喜欢“嗯”的一声就过去了，而她则一定要跟他们解释我们是去了王阳明故居。

我也是因为近段时间的一次“阳明学说文化周”，在报纸上看到许多相关报道后才刚刚关注起王阳明来的，之前也仅仅知道这个名称而已。前段时间看了报纸，又粗粗浏览了通俗读物《心学大师王阳明》，对他的印象从“只闻其名”发展到“看到了轮廓”。昨天去了故居，阅读了那么多相关介绍的文字，再听了方老师的介绍，王阳明的形象陡然间高大了起来，心中满是敬畏。“立功立德立言真三不朽，明理明知明教乃万人师”，这是一种怎样的评价啊！面对小人追杀，他神机妙算；面对谪贬龙场，他潜心悟道；面对一场畜谋已久的战争，他不动一兵一戈迅速平定局势……

我们边参观边谈论，敬仰之情如故居之建筑，一进又一进。或许是因为快吃午饭的原因吧，即使是星期天，偌大的故居内也冷冷清清，偶尔见几个穿着校服的初中生或高中生的身影。于是想起来了报纸上的一篇评论，阳明学说文化周仪式搞得轰轰烈烈，但工阳明的思想是否真正转化成一种精神，融入到余姚人民的心中了吗？面对这样的问题，我们显然是底气不足的；在面对王阳明像那一刻，我甚至觉得有些羞愧了。

我想，我们真的应该进一步走近王阳明，阅读王阳明。

（2007 年 5 月）

油菜秸的回忆

油菜秸，其实就是菜籽秆。

上班路上，看见路旁的田边堆放着不少打完菜籽后的油菜秸。“现在不会再有人要它们了吧”，正这么想着，随着车子的前行，又看见有几堆正被人点燃。摇曳的火光照亮了记忆深处那一段清苦的童年，回忆如眼前缕缕缥缈的轻烟，开始在心头缭绕……

记得很小开始就坐在灶洞前烧火了。很多人会觉得管灶火是一件很容易的事，点着火后只管往灶洞里塞柴就可以了，但在我看来这绝对是一件高难度的事，因为那时我经常由于管不好灶火而遭母亲的责骂。管不好灶火，除了我当时年纪小，使不好烧火用的工具，更主要的还是没有好的柴火。那个时候，稻草要用来搓绳编“草包”（用稻草编织成的袋子），只是用来当引火柴用；秋冬季节父亲砍来的柴挑好的都卖了，只剩下那些长满尖刺的荆棘，等我抽出一根折成小段后塞进灶内，别说手肯定被扎，而且灶内的火差不多已灭了。

只有到了每年的初夏时节，大把大把的油菜秸被父亲一担担地挑回院内时，我的心才会因为不用再担心管不好灶火被母亲责骂而轻盈并欢欣起来。因为它们是最好的柴火。拿出一根油菜秸，下半部分杆子很光滑，一折，“啪！”的一声音，脆松松的，更重要的是它很耐燃。

顶端是油菜籽的“破草屋”，摸上去软软的，舒服极了，它可是最好的引火柴了，易点燃，又不会有稻草燃烧后那么多的灰。用油菜秸烧火，还可一边折一根细细长长的曾经藏油菜籽的荚，小心地捋去中间一层薄衣，然后轻轻地把细小的柄小心地插入尖头中，就成了一把小剪刀。在那个物质匮乏的年代，这是我们最好的玩具了。

如今家家户户都用上了电器煤气，再也不会有人再用油菜秸起灶火了。但望着那一堆堆秸秆或被抛弃在田边，或被凭空地点燃，还是徒然地产生了几许惋惜，几许感叹。

（2007年5月）

杨梅树下的记忆

下班回家，公路边上卖杨梅的摊点几米一个；“我的故乡在江南，我爱故乡的杨梅……”校园里琅琅的书声中，这个声音似乎最具穿透力；“端午杨梅挂篮头”这句俗语又开始在耳边萦绕……这些关于杨梅的点点滴滴，如同这初夏的阳光，渗透到你身体的每一个细胞。它们无时不刻地提醒着你：杨梅又熟了。

“杨梅红了吗？”问一个孩子。这边孩子的家里都是有杨梅的。

诧异。摇头。一脸茫然。

我笑了。是啊，对现在的孩子来说，杨梅还有什么诱惑呢？红了或是熟了，和他们的关系都不大。自己小时候那些关于杨梅的记忆，他们怕是永远都无法理解与体会的。

关于杨梅，记忆最深的莫过于看管杨梅了。

我家的杨梅树是生产队分田分山时分得的，一棵特别大，被我们亲切地称为“大杨梅树”，还有其他几棵小的。这些杨梅树都位于山脚，且紧靠山路。每年的杨梅时节，为了防止邻村小痞子的偷窃与破坏，也为了防止有些人上下山顺手牵羊，母亲总是给我一条小凳子、一把刚炒好的蚕豆，让我看管杨梅。

那时我还没上学，有时附近山上就我一个小孩，我会在那棵大杨梅树下老老实实地坐上半天。结果是直到我去年回老家，村里一个大妈还跟我提这事儿。但大部分时候我们是很多小伙伴一起玩的。我们有时采几片那种薄薄滑滑的树叶，吹出嘹亮的哨音，只是我永远都吹不出的；有时跑到附近去摘几个“苟苟红”（一种野草莓）；有时在矮矮的灌木、竹丛中拗小笋，运气好的话，还可以为晚餐增加一道鲜美的笋汤呢；我们那时还吃一种路边的草，叫“酸猛蕻”，也不知道是谁告诉我们可以吃，只记得我们几个嘴馋的孩子在“酸猛蕻，吃了奶奶（乳房）痛”的玩笑声中剥下一片叶子嚼一嚼，酸酸的滋味仿佛还在舌根。

不过印象最深的应该是“搭大床”了。地点总是在我家那棵大杨梅树下。几个小伙伴先分头采集大把大把的新鲜狼藉叶，堆在一旁，然后几个年龄较大的把父母们砍下的“杨梅柴”（杨梅快熟时为方便采摘，大人们都会事先把杨梅树下及周围的灌木杂草收拾干净，称“捉杨梅柴”）中那些较软的枯草挑出来集中在一起。准备就绪后，便一起合作动手，先用枯草垫底，越厚越好，然后把刚采来的新鲜狼藉叶一层一层地铺上去。这一步可是非常讲究的，叶子必须一片一片地放，而且一定要叶面朝上，这样茎就不会向上翘起戳痛手和脚了。现在想来，那个时候我们的智慧还真让人佩服。采来的叶子铺完了，“床”也就搭好了。现在想来，这既是“蹦蹦床”，又是睡觉的床。因为完工后，我们总是先脱掉鞋子在上面蹦啊跳啊庆祝“工程”的竣工，由于铺得厚，踩在上面是有弹性的，玩起来颇像现在的“蹦蹦床”。等玩累了，便一个个倒头睡下……记得有一次，我因为采狼藉叶时把枝叶的汁水都弄到了手上，然后大概就是用手在揉脸，结果脸上红红的发了一大片，着实把我妈吓了一大跳。

遇上星期天，哥哥不上学，他有时会在干完家务后偷偷跑到山上陪我玩，有时就在割草的时候溜过来。那个时候，他必做的事就是带着我去山脚下的小溪里抓小虾。小溪很小，一块石板就是小桥。水自然是又清又凉的那种。桥底下泥鳅啊、不知名的小鱼啊在清可见底的溪水中快活地游。它们仿佛知道自己不是我们的目标。我们的目标是小虾。拢着手，小心地靠近水面，然后迅速地一兜，提起手后，并不急着摊开看，一则小虾很能跳，怕它们逃走，二则有无抓到根本就无需看，手心感觉一下即可了。最有意思的是哥哥告诉我的吃虾的办法：把小虾放掌上，用力地一拍。他说这已经熟了。反正我是怎么都不敢吃的，但有几次哥哥真的就是这么吃下去了。

这样看管杨梅的日子并不多，后来几乎每户人家都新发了杨梅树，自家的都管不过来，自然也无需担心被别人摘了。但那一段难忘的童年经历，每年都会在杨梅时节因杨梅的泛红而泛上心头，滋味亦如杨梅般酸酸甜甜。

（2007 年 5 月）

在徘徊中失去

刚刚发了条短信。我习惯用笔画打字，打出几个笔画后，下面便会出来很多字供你选择，如果我要的字在这排的最后一个，我会选择先下按一格，再倒回一格，这远比顺着一下一下地按快得多。有时，要的字在第一排倒数第二个，我也同样会选用这种方法，也能少按几下。但信息发多了，经常动作快于眼睛及脑子，手啪啪地按得特快。就刚才的短信中，我要的字是倒数第二个，等我发现，我的手指已经顺着下按好几个了，离要的字也就隔了两三个，也就是说，再按两三下，就到我要的字了。但我的脑子反应显然比手指要慢得多，一看这字在倒数第二个，习惯思维让我觉得应该先下按，再倒回。于是，也没多想，便下按，结果再倒回了四五个才捉到那个想要的字。这时候，脑子似乎有些反应过来了：这岂不是比慢的还要慢吗？

人总是这样，总是以为自己很聪明，能想出很多巧妙的好主意，并且为之沾沾自喜。结果呢，聪明也常会被聪明误。一个徘徊，一次犹豫，机会或许就在那一刻从你眼前溜走了，等你再发现时，它早已远去。

想起乘公交车，离车站还有一段路，远远地看见车开来了，想加快脚步，但转而又想：算了，大概是赶不上的了，还是等下一辆吧，爽性走慢些。于是不作任何努力，远远地看着公交车停了，一边走一边奇怪地想：怎么还不开啊？咋停那么长时间呢？早知道……原来，是下车的人特别多，所以停留时间长。等我意识到刚才若是稍稍加快脚步就能赶上，继而试着跑几步时，发动机启动的声音掩盖了我刚刚燃起的一丝希望。后悔，无奈，失落，然后不忘嘲笑自己一下。

写到这里，脑海中冒出了一个词：行动的巨人。想不起来源自何处，意思是说我们要踏踏实实地干吧。徘徊，犹豫，则是思考的过程。我们需要思考，但我们不能因为无谓的思考而误了行动。然而，生活又哪是没有缺憾的呢？很多时候，我们也只能在徘徊中失去着。

（2007 年 7 月）

自然之道，本色生活

小时候看母鸡孵小鸡，在小鸡即将破壳时，总能见到它们惊恐的眼神、痛苦的神情，拼命地往外钻却总不能一下子挣脱蛋壳的束缚……每当那个时候，母亲总会再三叮咛："别去撕开蛋壳！千万不要去帮助它。"面对向来严厉的母亲，我从来没有问过为什么，甚至还觉得，母亲就是这么一个残忍的人，对我凶，对小鸡也是。后来渐渐长大，也是在实践中知道了，你若是撕开蛋壳帮了小鸡，这个小生命今后肯定活得不好。如今，自然明白，母亲的这一做法，与寓言《拔苗助长》的寓意有着异曲同工之妙。只是那位拔苗的农夫违背了禾苗生长的自然规律，而我的母亲则十分清楚小鸡破壳时痛苦地挣扎也是它生命中不可或缺的一个部分。

当人类越来越自以为聪明地改变着这个世界的时候，当我们的生活被斑斓的物欲涂抹得看不出底色的时候，我们要追求的，应该是对自然的敬畏，我们要找寻的，是本色的生活。

当一位探险者举着摄像机面对狮子大口吞噬着斑马，当一位科学家冷静地看着北极熊的幼熊因为没有食物而被同伴撕咬，这不是冷漠，而是对自然的敬畏，是遵循自然之道。

或许，我们的生活中很少能遇上如此极端的事件，但有些事，性质是一样的。当我们的孩子因为达不到自己的无理要求而哇哇大哭时，我们很难冷漠地硬下心肠，而是尽量满足他们的要求，这岂不是某种意义上对自然的违背？当我们遇到挫折与困难时，我们很难理智地认为这就是走向成功的必经之路，而是经常会怨天尤人，甚至把不满嫁祸转移到别人身上，这也可以算是对生活的误解吧？

拔苗助长的故事太过熟悉，以至于我们都不屑一顾了。其实，静下心来细细品味，它向我们传达的遵循自然之道、忠于本色生活是多么实际而有意义。

（2007年7月）

快乐与功利

快乐说："我是过程。"功利说："我是结果。"

我们都向往快乐，但我们都很难舍弃功利。

学校里。

快乐自我介绍："孩子们，我就是让你们随心所欲地阅读。"孩子们蜂拥而至。

功利大喝一声："全都回来！抄词语、背课文！明天考试！"孩子们心向着快乐，脚步却不得不跟着功利走。

写字楼里。

快乐拉着年轻人的手说："慢慢走，带上我同行吧！我的朋友健康也在前面等着我呢！"

功利高唱着"有钱能使鬼推磨"，拦住了他们的去路，冠冕地说："快些快些！时间就是金钱，年轻人，用财富来证明你的实力吧！"这些年轻人突然间就忘了，真理和谬论是邻居。

婚姻中。

快乐说："我是布鞋。"功利说："我是名车豪宅。"

我们都会望着功利，不屑于脚底的快乐。

（2007年7月）

夏日的滋味

夏日的滋味，西瓜定是主旋律。热了，来几片冰镇西瓜；饭后，上一盘精致的西瓜片儿；渴了，还可来杯西瓜汁；或者，爽性半个西瓜一个调羹，偶尔代替了某一餐，既消暑又方便。

然而不管怎么吃，终究无法再找回小时候田头吃瓜的尽兴了，也难以再闻到那和着阳光与稻草的清香的味道了。

每年的这个时候，田里所有的西瓜都收回家了，被父母一个个小心地放在床底下（通常都在我的小床下），陪伴着我的每一个梦乡。这个时候也正是每年的“双夏”季节，一边收割早稻，紧接着种晚稻。由于家中劳动力少，我们兄妹俩很小开始便和父母一起干各种农活了，割稻自然是最理所当然的了——从四株一行地割到十株一行地割。其实，在如此复杂繁多的农活中，我们最喜欢的也是割稻。割稻除了可以免遭蚂蝗的叮咬、偶尔抓抓蛇啊青蛙之类的，更重要的是，在割稻时，父母总会带上三四个西瓜作为点心。这在当时实在是比较奢侈的了，也足以让还是孩子的我们兴奋不已。

早在割稻的前一天，我们兄妹俩便会挑好第二天要带的西瓜。到了次日清晨出发前，我们会再三提醒父亲不要忘记带瓜，还经常过分勤快地把它们搬进箩筐里，结果招致母亲“只知道吃”的责骂。来到田头，我们把瓜先放在田埂边的并不怎么茂盛的杂草里，然后趁着天凉赶紧割稻。稻子倒下差不多大小的一片地后，父母便开始打稻了。于是，比赛似的，一边拼命地割，一边马不停蹄地打。太阳渐渐高了，这时，哥哥准不忘把那几个西瓜藏到刚打完谷粒的稻草堆下，还在上面放很厚的一堆稻草。我则回头望望这小山似的草堆，咂两下嘴，心中满是期待。

天气越来越热，我们蹲在地上偷偷休息的次数也越来越多了。于是，我们兄妹俩开始小声讨论大概什么时候可以吃瓜了。等待的时间总是特别慢。我们便变着花样割稻，以打发难熬的时光，割折线、打包围，很像“南泥湾开荒”时战士们使用的战术。

“好了，休息了，吃瓜了！”随着父亲一声令下，我们雀跃着跑向那一堆“小山”，扒开被晒得滚烫的稻草，捧出一个递给父亲后，再把“小山”复原。父亲擦一擦手，用大拇指在瓜脐上“钉”几下，然后一个拳头朝瓜肚子打去。“嘣”的一声，西瓜便裂开了。红红的汁水立刻流了下来，我们便贪婪地用嘴去接。接着，父亲把开裂的西瓜用力掰成几瓣，这些瓜瓣大大小小，极不规则。有时，遇上起了沙的好瓜，瓜瓤最中间的一块会单独掉下来。这个时候的我们总是最乖的，主动把最好的留给父母，自己挑小的吃，只是到了最后，这些最好的瓜瓤还是会到我们的口中。

要说这西瓜的味道，那美妙的感觉至今都在唇齿间回荡。捧一瓣瓜，还没塞进口中，便先闻到了太阳的味道，热烘烘、香喷喷。阳光是有香味的，那个时候我已感觉到了。到了嘴里，味道更是难以用语言来形容，又饿又渴是一个原因，但自家种的西瓜真的是特别甜。这香甜中，除了瓜本身的味道、阳光的香味，还有一股幽幽的新割下的稻草的清香。我不知道这清香是来自于身边的稻草，还是瓜在草堆里放过后，这香味已经沁入瓜里了。多年以后，我在《宁波晚报》上看到一篇《灰汁团》的文章，说灰汁团是用早稻草烧成灰后和在面粉里做成的，有着稻草特有的清香时，立刻想起了从西瓜里渗出来的那淡淡的稻草清香。

如今，先生买回一个西瓜，见是因为长时间在摊头上放着有点热的，必嘱咐我们："凉了再吃，否则会拉肚子的。"真不知道是我们的肚子娇贵了还是西瓜变味了。真怀念那田头的瓜香！

（2007年8月）

今冬的郁金香

前些天听广播时听到这么一则消息：杭州太子湾的郁金香，今年的花期推迟了不少日子，原因是今年冬天特别寒冷。不过园艺师介绍说今年的花会开得特别漂亮，因为寒冷，植株整个冬天都在长根，根部发育得特别好，这样，春天开起花来，自然会特别漂亮，花期也会延长。

“今年冬天的郁金香可真幸运！”听完消息，我这样想着。

是啊，人类的急功近利、肆意破坏环境导致了气候变暖，冬天一年比一年暖和。于是，植物们也不得不跟着浮躁——本该是养精蓄锐的时候，却因为温度的攀升而提前绽放，直至精竭力殚。而今年的郁金香，却能够有机会好好地养精蓄锐，谁能说这不是它们的幸运呢？少了阳光的哄抬，可以让它们心无旁骛；少了暖风的吹捧，可以让它们潜心养神。寒风，或许让它们害怕，却让它们更加凝重；严寒，或许让它们痛苦，却让它们扎根更深；冰雪，或许让它们受伤，却让它们更加坚强！这个寒冬，它们在寂寞中磨练，在逆境中成长。它们无法用招展的花枝来炫耀，却让自己变得更丰满、更厚重、更富足，蓄势待发。

今冬的郁金香，多好啊！

当周围的世界变得日益浮躁，当功名利禄在眼前跃动，当结果比过程重要……我们是否也走进了生命中的暖冬？难以静下心来，无法潜心治学。努力闭上眼睛，试图远离喧嚣，可阳光依然刺痛我们的双眼。

留那一场雪，在心中。营造一个心灵的寒冬，做一枝寒冬中的郁金香。

（2008 年 3 月）

浮 云

太阳还没来得及被云遮住，地面上已经全湿了。“咦，下雨了？”在这样炎热的下午，毫无预感的阵雨实在是太大的惊喜。办公室里放下东西，想出去好好享受这自然的恩赐，外面却全然没有了下雨的迹象，甚至连下过雨的痕迹都已难觅了。哦，这太阳雨。不对，应该是一朵飘过的云吧。

人们常用“沧海一粟”形容个体的渺小，此刻我还在想，我们每个人，也都像这天空中的浮云一片，来也匆匆，去也匆匆，更不会有多少人来注意你、关注你。关注自己的，只有自己，只有自己那颗敏感的心。生活中，我们总觉得周围似乎有无数双眼睛在盯着你，于是总是小心翼翼地将自己包裹。其实，这些眼睛根本就是源自自己。试想，每天有多少人是抬着头望着云的呢？

作为这一片浮云，又何必在乎有几个人正注意着它呢！就像当它化作雨滴落下来的时候，没有预先告知期待它的那些人，也没有因为有人不欢迎它的不期而继续飘浮，更不会因为有人想多享受它一会儿而多停留片刻。它就是它自己，它飘浮，然后洒落。那么随意，那么洒脱。这洒落的雨滴，顺其自然，又将是天上的浮云……

我愿是一片浮云，宁静淡泊，随意洒脱。

（2007 年 6 月）

闲话收藏

读师范时，一位爱好文学的同学曾向我展示她的收藏成果——一个硬面抄，里面夹着许多大大小小的纸片：这是我第一次外出上学时的车票；这是我有事时寝室同学给我的留言；这是我回家收拾东西时的备忘……我感叹于她的细心，她说："这就是生活。"这话，对当时初谙世事的我来说，好深奥。后来，她写了篇《感谢生活》，里面就有对这些点滴的记录，我似乎有些明白那句话的意思了。

工作以后，我也学着她的样子，把生活中的点点滴滴小心地存放："修己以清心为要，涉世以慎言为先"，一张自己用心书写的小纸条，曾经压在台板上好多年，后来换单位了，我小心地收起来，看到它，就想到自己涉世之初那些年。一张钢笔字，里面的字谈不上有多漂亮，如今一看到它，总会想起那一串串清静悠闲的夜晚，一个人静静地在三楼办公室里做着自己喜欢的事。一张学生的感恩心语，记录着与孩子之间那份纯纯的情谊，并带出一张张活泼的笑脸。

年岁逐增，便慢慢开始怀旧了，于是，越发珍惜曾经的收藏。一次整理书房，捧着昔日的《同学录》竟呆坐了半天。于是，下定决心要继续收藏，收藏生活的点滴，为将来的回忆积攒内容。网络的普及，让我的收藏由纸片走向了网页，我开始在博客上记录自己的生活。空闲时，翻看自己曾经的记录，颇有品尝陈年老酒的滋味。

如今微博盛行，收藏看起来变得如此简单。三言两语，甚至QQ个性签名上的一句话，都是对当前生活的一个收藏。不过，这样的收藏总给人“快餐式”的感觉，缺乏厚度和深度，而且，它会随着时间的流逝渐渐褪色，就像一件赝品。相比而言，我更喜欢比较传统的收藏方式。

曾经看到过一篇名家散文，不记得题目了，说是如今物质丰盈，人们都使用一次性东西，没有了收藏，也让生活失去了期待。小时候，每年冬天，都是母亲收藏东西的时候：这条秧绳明年继续使用——期待播种；那个编织袋明年用来装稻谷——期待丰收。可见，收藏不仅是积攒回忆，更是对未来生活的希望。

（2010年12月）

抛物线

每一个新加我QQ好友的人，大都会对“抛物线”这一名字疑惑，或者觉得好笑——总觉得这个名字怪怪的，既缺乏诗意，又不雅致；既无优美可言，似乎也看不出有什么含义或者典故。有率直者会直接问：“为什么取这个名字啊？什么意思啊？”在他们眼里，好歹我也算个语文老师，不至于取这种没有丝毫语文味的名字吧。看看咱同事的QQ昵称：“云淡风轻”“水无影”“枫叶似火”“蓝色的风”……多么诗情画意！还有什么“上下求索”“东方之子”，一听就知道是位好老师。

或许是因为这个名字用的时间长了，或许是因为敝帚自珍吧，我对这个名字却是珍爱有加。

关于这个名字，有这么一段美好的回忆。记得读初三时，数学中有了抛物线（就是画在坐标上的，与某一条直线相交，然后要求我们列方程计算交点在坐标上的位置）。我们的数学老师方老师是这样向我们介绍“抛物线”的：他拿一个粉笔头，随手朝上一抛，粉笔头被抛出，在空中划过一条优美的弧线，然后落地了。方老师随即说：“像这样物体在空中划过留下的痕迹，就是抛物线。”哈，多么有意思！那一个潇洒的动作，那一道美丽的弧线，就这样深深地留在了我的记忆中。

选择它，最初只是选取它“顺其自然”的含义。

那一年，我在一位同事的影响下重新开始了工作之余的学习，开始阅读，开始思考，开始写些自己对生活的感受。那段时间里，收获很大，对于生活、对于学习、对于工作、对于处世，都学到了不少。在学习中，我也开始向往“去留无意，看庭前花开花落，宠辱不惊，望天上云卷云舒”的境界，努力追求“对过程积极进取，对结果淡泊洒脱”的淡然心态。至今都记得，因为自己的率直，三年前初入新单位时，被领导与同事视作不求上进者。

就是在那一年，我先给自己的QQ昵称取名“云卷云舒”，颇有宁静致远的味道，后来又觉得这名字太直白了，且网上泛滥成灾，遂改名“抛物线”，相同的含义，稍微含蓄了点。

抛物线，不管你怎么扔，力大力小都没关系，扔近扔远更无所谓，一条谁都能率性书写的美丽弧线！当然，有一个条件，那就是你必须抬起头来，朝着高处，向着阳光。

（2010年7月）

生如夏花

说起花儿，你一定会即刻想到春天，于是，姹紫嫣红、万紫千红、春花烂漫……一连串的词儿随之出现。是的，春天是花的季节，不过，那些花儿都属“红颜”，极“薄命”，或者因为天气的乍暖还寒，或者因为让位于叶，总是还没来得及欣赏，便早已落英缤纷，早早地将一树的美丽撒落，“化作春泥更护花”了。校园里的那一树树紫槿、樱花、白玉兰都是。

夏天似乎是叶的季节，但其实，花也不少，而且，与春天的花相比，夏天的花在经历了一番洗礼与酝酿之后，显得更成熟，更耐人寻味。

石榴花相对开得比较早一些。它用一树火红唤来了夏天，那么炽热，那么奔放，那么坚毅。花瓣初绽时，不是开出来的，而是挤出来的，皱皱褶褶的花瓣儿拼命地向外撑，探头寻找阳光。一路开来，花期甚长，甚至到了石榴果如小坛子一般了，你还可以看见那些花瓣儿顽强地冲着你笑！我读初三时，教室前面有一棵高大的石榴树，那一树火红的石榴花久久地开在我的记忆中。

前些天，我家阳台上的吊兰也开花了！这些吊兰，是搬进新居时为了除家中的异味而买的，由于平时工作比较忙，也没有什么闲情去照料它们。四五年了，可它们一点儿都不计较我的无情，照样长得葱绿。

即便开花，它也不张扬，细长的枝条上，三五朵花娴静淑雅地绽放着。一日，我怜惜地注视它们：六片狭长的花瓣，清纯秀气，花蕊也很长，细细地，亭亭地，每一朵花都如小家碧玉般，小巧，文静，优雅。看着它们，要说“怜香惜玉”吧，似乎小瞧了它们，还真找不出合适的词来赞美一下了。

楼下的栀子花开得正热烈，可是，天天下雨。每天回家，我都会注意它们——从发现第一个花蕾开始。每天，都有越来越多的花蕾陆续绽放着。若是春天的花，没有合适的气候，它们自己怎么舍得开出来呢？

这些天，一打开办公室的后窗，便闻到馥郁的花香，也是栀子花，只是比我们楼下的那种要大，树大，叶大，花儿自然也大。于是，它的生命力似乎更顽强。我们楼下的那些花儿，经雨水的折磨，花瓣儿大都变黄了，而这里的每一朵花都依然洁白如玉，虽然花朵是低着头的，我想，那一定是一种姿态——低到绿叶下的姿态，那芬芳，应该就是它们的骨气了。

看着这些花儿，让人想起“生如夏花之绚烂”，如果光是外表的“绚烂”，那怎么会是夏花呢？愿生如夏花……

（2011 年 6 月）

漫谈过年

套用一句流行语：你喜欢，或是不喜欢，年就在那里。

越来越多的朋友感叹过年没意思，刚刚浏览网页，看到余秋雨在微博感叹“过年没年味，只剩下吃吃喝喝了”。确实，如今过年，似乎不再那么隆重了。其实，这一切皆因为物质的丰盈吧。当一切唾手可得时，那些繁琐的准备工作便被省略了，而所谓的年味，本身就是依附在这一系列的准备工作中的。

记得小时候，秋收一结束，大人们忙完田里的活儿后，过年的准备工作便陆续开始了。浸糯米磨糯米粉；去米厂碾米碾米粉；砍柴堆柴垛盖柴棚；浸新晚米搡年糕；晒白药酿米酒；买布请裁缝做新衣；织毛衣做棉鞋；……伴随着这些复杂的活儿的，就是那一句“过年时可以……”。

“小孩小孩你别馋，过完腊八就是年……”而进入农历12月后，年味便早已弥漫至家家户户的灶头了。挑个晴朗的天气洗床单晒被子、掸尘大扫除；与村里的屠夫约定杀猪的日子，同时也约上几户人家怎么分猪肉；鱼塘里的鱼开捕了，村里常有村民陪着养鱼的人挨家挨户地推销鱼；廿十一到，自家养的鸡呀鸭呀便开始杀了，要风干的风干，要烟熏的烟熏，要腌制的腌制，就算要吃新鲜的，也绝不会养过廿五，早早的杀了挂在堂前。到了廿八九，厨房里的大锅小锅便忙开了，蒸糕、做米粉团（蒸粉团）、炒瓜子炒花生炒大豆、煮鸡煮鸭煮肉……

以上这些事，听起来也不简单，可想而知做起来有多复杂了。况且，以上所列举的只是一部分，家家户户必做的一部分，至于有些家庭条件稍微好点的，或是女主人能干点的，则活儿更多了，比如自制蕃薯粉丝、晒年糕干炒年糕干、做蕃薯片、做冻米糖等等。而年味，就是在每一项细致的准备中氤氲而生。又因为小时候物质匮乏，看着大人准备这些年货而不能立即享用时，那种对过年的期盼便更甚了。

而现在，一方面平时条件好了，以前只有过年时才享用的现在天天都在享受着，比如吃好吃的、穿新衣服；另一方面，时代的进步让一切都变得简单：以前想吃汤圆，得自己晒糯米粉——这可是一项十分复杂又繁琐的工程：浸泡、碾粉、装在布袋子里用草灰吸干水（反复好多次）、掰成一块块地晒干（对天气的要求非常高）。馅子当然也得自己做：炒芝麻、碾芝麻、熬猪油，然后把糖、芝麻粉与猪油搅拌在一起，再搓成一粒一粒的馅儿备用，最后才是和粉包汤圆。现在花个六七元钱，买回家煮一煮，一样美味。你既然享受了快捷方便，就没有理由去抱怨年味浓年味淡年味有年味无了。

再来说说春晚吧。网上对春晚的抨击声不绝于耳，我个人是非常不赞同这种“站着说话不腰疼”的言论的，而且也很想对那些贬斥春晚的人说：“你去试试？”曾经的春晚，让我们记忆深刻，那不是因为那时候的晚会有多好，只是因为那个时候的整体文化水平比较低，我们见得比较少而已。不信我们可以回过头去看看二十几年前的春晚，无论从哪方面看，都只是一台综合性的晚会而已。如今资讯泛滥，每一个频道每个档节目的每一期都在想着如何创新如何夺人眼球，我们见得多了，再去看春晚，并希望它能带给我们惊喜，这怎么可能呢？春晚，看的不是内容，而是团圆。无论电视里放的是什么，只要是热热闹闹的，然后一家人在一起，说说笑笑，团团圆圆，这就足够了。

世事从来都没有完美的，过年也一样。任何事情回忆起来总是美好的，殊不知，在那个年味很浓的时候，还有着忙碌时的疲惫，有着捉襟见肘时的尴尬；而现在，我们抱怨着过年的无聊却忘了正拥有的这一份清闲与无忧。

其实，过年，挺好的。

（2012 年 1 月）

那些年，我们参加过的自学考试

昨天晚上不知怎么回事，居然毫无征兆地梦见自己在考试。因为没复习，所以不知道怎么答；有同学却哈哈大笑，说试卷和她准备的题目一模一样。她拼命地抄，我也借了一张，拼命地抄。结果抄到考试时间快到了，才抄完一道简答题，一急，便醒了……

早上醒来，回忆梦境，便很自然地想起了当年的自学考试。

自学考试，不知现在还有没有，如果有，至少不像我们当年那样轰轰烈烈了吧。在上个世纪末的那几年里，自学考试因其自由灵活的方式，深受已参加工作但需要进一步学习进修以取得高一级文凭者的追捧。记得刚毕业那会儿，想遇见同学，等到每年的四月或者十月吧，自考，像一场聚会。

说起我的自考经历，那可是有点儿小得意的。倒不是因为我考得有多好，而是因为我算得上当时自考大军中的冲锋者了。1996 年，我师范二年级，受正在工作的兄长的启发，偷偷地去报名参加考试。在宁波，虽然双休日也经常去东门口这个闹市区逛，但真的办点正事，还是头一回。因为是瞒着别人的（一怕老师知道不能考，二怕万一考不出被同学笑话），所以遇到不懂的，也没地方问，看着报名通知按图索骥，找地方，填表格，交钱，报参考科目……

记得我第一次先报了两门，《哲学》和《政治经济学》，又因为事先教材没有预定，所以没有书。那个时候有一些自考辅导班，大学里的某些老师来授课，收费 60 元一门。我心一横，报了。记得培训地点是在宁波高专，就在我们学校的前面一点。去培训时，一眼望去，全是工作的成年人，三四十岁的居多，而我，一个学生，夹在里头，人家好奇地看我，没见过什么世面的我则拘谨地坐在那里。因为没有教材，所以老师在讲的时候我拼命地记，旁边的人那里借着书看几眼，好在里面的内容和我们学校里在学的《哲学》和《经济学》差不多——稍微再深一点。后来考试了，凭着辅导时记录的学习材料和学校里所学的知识，我就这样参加了第一次自学考试。一个多月后，成绩公布了，我一查，两门居然都及格了，62 和 65。这对我来说是莫大的鼓励！没有书，居然也考出了！很快，大家都知道了这么回事，我们寝室颇有几个爱学习的，比如“老大”，她也很快报名了，而且她考试成功的速度惊人，连本科都是自考通过的！

等我毕业后，自考便似一阵风。各行各业，各种学科，各色参考者。刚开始几年，自考确实是凭真本事的，一本书拿到，若要考及格，必须把书看得比较透，要点都得背出。像我的考试经历，除了前两门花的时间不多，后来每一门的考试，都是认真地反复地看书，做摘录，背诵要点，即便这样，考试成绩最好的也只有八十几分，大多在七十几分。而参加考试没通过的，则更多。有不少人因为没时间看书，就缺考，所以考试时的到座率并不高；也有不少人书看得不透，加上考运不佳，经常考五十几分，知道成绩那一刻的郁闷无以言表。当时，街道教辅室为了鼓励我们参加自学考试，通过一门，还能获得60元的奖励，这奖励，大抵可以与报名费抵销。

自考的成绩与文凭一开始之所以能被认可，就是因为它是很严格的，特别是考试的过程。到了后来，慢慢地便出现了一些作弊现象，有时我们在考试过程中也会亲眼看到，便觉得很不公平，也很气愤——这是对公平公正的玷污，也是对我们付出的玷污，更是对文凭可靠性的玷污。

再后来，也不知道是不是因为作弊的人多了大家不再相信自考了，还是因为自考太难了，很少有人能静下心来去真正地学习与参考，等到我们这一拨人毕业后，自考便很少再被提及了，甚至我现在怀疑它是不是销声匿迹了。

现在大学扩招，文凭的取得越来越简单，加上函授、电大等纯文凭目标培训班比比皆是，我想，再也没有人再愿意去参加自考了吧。不过，那些年我们参加过的自考，回忆起来，也不能不说是一笔宝贵的财富——因为，至少考试前，我们都会挑灯夜读。

（2012年5月）

谁都不是敌人

前两天看到一则新闻，说是某地政府为了不让流浪者在城市的天桥下过夜，愣是在天桥下装上了密密麻麻的水泥椎子。看到这样的新闻，真叫人寒心，看来，在官员的眼里，流浪汉们就是他们的敌人。就算流浪人员住天桥底下影响市容市貌，那顶多也只是人民内部矛盾，至于出如此狠招吗？请问政府，那么多尖锐的椎子，戳伤的究竟是谁？

其实回过头来，我们生活中如此不该有的敌对关系又何止政府官员与流浪者？患者与医生，本有着共同的目的，铲除病魔，可眼下医患关系却如此紧张，病人把医生当敌人，认为医生只是盯着钱看；而医生呢，边看病边不得不思忖如何保护自己，如何在治病过程中为自己留下无责的证据。商家与顾客，本就是双赢的合作，一方为对方提供物质与服务，同时实现赢利的目的，顾客则享受服务，获取自己所需要的物品，可事实上，又有多少交易是公平坦诚又和谐的呢？更不用说小贩与城管、企业老板与员工了。无论从哪个方面来看，都不应该是敌人，现实中却活生生地演绎着敌对的故事，真是悲哀。

作为一名教师，看看自己的周围以及自己的工作，是不是也把本该是朋友的人当作了敌人呢？有的领导，认为职工必须听他们的话，一旦员工有自己的想法或者做法，便把对方当作敌人，这是官本位思想。

有的教师，认为当领导了就一定是拿了许多好处，做的事情一定是不公平的，妄言妄听，臆想是非，结果把自己扔进自己的“臆想圈”里无法自拔，徒增烦恼。

当然，我们更多面对的是学生。要知道，我们是和学生一块儿学习成长的，或者说我们是在帮助他们成长。在这个过程中，我们只要尽我们的全力就好了，至于结果是怎么样的，孩子的成长效果是不是如我们所愿，这就不是我们应该关心的了。可我们当中就有很多，当然也包括有时候的自己，非得让学生达到某个成绩，否则，他就成了自己的敌人，天天在办公室里抱怨怎么会这么笨，怎么会这么不听话，怎么会这么粗心。这样，除了徒增自己的烦恼，又于事何补呢？

其实，谁都不是我们的敌人。要说有敌人，人生最大的敌人莫过于自己。

（2012年7月）

丑到极致是大笑

（一）

麦子说：坏到极致是最棒。

近日，我们拍了奇丑无比的照片，办公室里为此数次狂笑。所以我说：丑到极致便是大笑。和麦子的一句有点押韵。

于是想起那些词：大智若愚，大巧若拙，大象无形，大音希声……

因为物极必反，所以，可以追求坏到极致，千万别精益求精做得最好，是这样吗？

（二）

这阵子吃花粉粒，小包装的袋子。吃的时候，在撕口处斜撕开，有时角大，有时角小。我还有个习惯，吃完后，把撕下的那个角塞进空袋子里，这样扔垃圾时就不会散落了。

很多时候，撕下的小三角都不容易塞进去，或者一半就那样露在外面了。今天我看着手上的小三角，哈，今天怎么撕得那么小的，这下塞进去肯定很方便了！拿起空袋子，才蓦然发现，原来，撕下的角小了，那个口子也小了。

所以，不要抱怨手中的幸福那样少，因为自己的付出也太小；也无需庆幸生活中挫折不多，那只是因为给自己的门也很小。

于是明白，一切都是对等的。

（三）

昨天，儿子一放学就兴奋地向我报告：“小咪侬，我语文考全班第一名了！”瞧他那个得意样。当然，我也很意外，冲他说：“咦，今天太阳怎么从西边出来了？”

数学经常考满分，得第一，他似乎习惯了。数学考试结束后，向来低调。而这次语文考试，一个并列 99 分居然让他如此激动。

再一次证明，幸福不是以事实为基础的，而是以自己的感觉为基础的。

因此，经常调整自己的感觉很重要。

（2012 年 12 月）

冬日小景

（一）

前两天骤冷。上班路上，看见阳明西路上一地飘落的梧桐叶。

被晨露打湿的枯叶写满一地悲凉。这悲凉，却因为静谧而显得神圣。

突然想起泰戈尔的诗句：死如秋叶之静美。静，真的是一种美。试想，如果一地的枯叶聒噪着，除了平添行人的厌恶，还会有什么？

如果悲伤已经发生，如果悲剧已经降临，那么，就请保持缄默吧。留一份安静，便是留一份最后的自尊。

（二）

今天早上从食堂回来，蓦地发现后教学楼后面的那一排茶花，开了一朵。就一朵。全开的。洁白无瑕。

在这样的季节看到如此怒放的鲜花，心中不禁一震！驻足，凝视，因为敬意。

它，在绿叶下低垂着头，不是娇羞，而是低调。

因为低到绿叶底下，所以躲过了寒霜的侵袭，是这样吗？

怒放，不是为了炫耀美丽，不是为了告诉大家我很坚强，只是为了自己心中的那一片圣洁。芸芸众生路过，美丽，只与懂我的人分享。

（三）

昨天有人加我QQ，“大雄”，不认识，所以忽略。

下午，他发来了消息：“钟老师，还记得我吗？”

这话问的，不告诉我是谁，何来的记得不记得呢？当然，如此一问，十有八九是昔日的学生。我便很自信地说：“告诉我名字，我一定记得。”

果然。他一说名字，一个瘦瘦小小精灵聪明的男孩子形象浮上脑海。他老家在台州，五年级时转的学……我如数家珍，没有辜负他的惦记。

他问我新的单位地址，说是要来看我。瞧他那认真的劲儿，心被小小地温暖着。

想起当初，班级里一大半外来子女，相对而言，他们的条件稍差些。无论是生活上还是学习上，或者是思想上，我从来都是特别优待与照顾他们，因为责任，因为孩子们的可爱，更因为自己小时候也是个穷人家的孩子。

当年无意间播撒的关爱，如今，已化作经常的、不经意间收获的小小的感动。就像超昨天说的那句话：“我怎么会忘记呢？我爸妈都很惦记你的呢！”

你的惦记，我的感动，就让今天窗外的暖阳向你们传递我的感谢，我的祝福！

（2012年12月）

你的纯真，我的感动

——写在感恩节

“感恩的心，感谢有你……”一曲虔诚温婉的旋律，让这个寒气逐渐逼人的日子变得温润起来；“老师，谢谢您的辛勤付出！”一句句简单却真诚的感恩心语，让这个日渐冷漠的社会再次泛起温情的涟漪。又是一年感恩节，收集生活中的点滴温暖，穿成一串爱的挂件，温暖与感动直抵心间……

沁沁是个调皮机灵、聪明又可爱的孩子，经常会侧着头仰着脸盯着你看，直到你笑为止。当然，她自己也爱笑。看到她笑，我便感动。这是个一生下来就没有听力的女孩，一直依靠人工耳蜗。我无法想像，一个听不见声音的孩子，是怎样学会说话、又如此乐观地生活的。记得刚入学时，为了让其他孩子不对她的“小耳朵”好奇，我给他们讲了个天使的故事，告诉他们天使为什么会有翅膀，那是因为她的背受过伤。那一刻，孩子们都听得很认真，仿佛沁沁就是天使。一年多来，沁沁也从没让我失望过。她独立地完成各项任务，从不搞特殊化。就连给“小耳朵”换电池这样的麻烦事儿，她也每次都是自己事先准备好，需要时自己默默地换上。一次因体检要交医保卡，我说：“就是那张看病时用的、绿色的、上面画着荷花的卡片。”于是，她就给那张卡取了个名字，叫“荷花卡”。多美的名字！佛说，“心中有花，眼里便是花。”孩子，你就是天使，如天使般美丽。

我的办公桌上，一株水生植物天天绿意盎然，一群毛绒小熊每日笑脸相迎……那是孩子们的微笑与祝福；走进教室，一声稚气的问候，一个期待的眼神……那是孩子们的纯洁与天真；讲台桌上，一张小小的纸条，一个私密的日记本……那是孩子们的信任与尊重。

孩子，谢谢你们！是你们，让我看到了朝阳喷薄的生命张力，是你们，让我听到了花瓣舒展的纯真天籁。感谢你们，我会更加严格地对待你们，那只是因为：当我批评你们的时候，不是你们做得不够好，只是，我希望你们能够更加优秀。

（2011年11月）

闲话飞机大战

我是个对游戏毫无免疫力的人，任何游戏都会痴迷。比如 QQ 农场的种菜，我有事没事还在继续玩着；比如那个“神庙逃亡”，那只没有 SIM 卡的旧手机，专门用来玩这一个。至于眼下风靡的微信中的什么“连连看”“爱消除”“酷跑”之类，一个都不落。这不，近些天又开始玩“飞机大战”了。

有一句话叫“人生如戏”，或者说是“戏如人生”，游戏玩着玩着，我突然想到，这里的“戏”字是否也可以理解为“游戏”呢？看看这打飞机，每一步，都在讲述着我们人生的哲理呢。

看看排行榜，有 200 多万的，也有区区几万的。你可以把这分数看成财富，当然也可以把它理解为智慧。三教九流，三六九等，这是永远都存在的。

进入游戏，小飞机、中飞机、大飞机……一个个地向你冲过来，你无法控制它们的速度，无法控制它们的数量，无法控制它们的位置……一切，你都无法控制。你唯一能做的，便是全神贯注地对付。因为我们唯一可以控制与改变的，只有我们自己。

灭掉一架不同类型的飞机，得分自然不同，一千、五千和三万。于是乎，见到大飞机，我们总会把它们当成首选目标。射着远处的大飞机，忽略着周边的小飞机，其实，就单位时间的收益来看，这样做并不一定见得最有效。——当然，这完全是估计的，没有测量与计算过。这让我想到生活中的“幸福”一词。我们总认为幸福是“大大”的，于是，它便变得那样遥不可及、不易获得。

一次我在玩，一朋友看我打飞机后笑话我：“你呀，怎么就知道自己跑呢？我是见到有飞机来就打，结果经常被撞死。”有舍才有得嘛，适当的放弃是为了更好地得到。如果无法保全自己，又该如何进攻？

如果将我所有玩的打飞机的失败方式进行统计，我敢肯定，百分比最高的一定不是被大飞机炸死的，而是被小飞机撞死的。如果有一架大飞机来了，或者进攻，或者躲避，高度重视。而在这过程中，往往会被小飞机炸个措手不及。这大概就是所谓的细节决定成败了。

继续分析被炸死的原因，多半是因为太过自信，总认为自己来得及打死它，不躲，结果……老祖宗留下来的“小心驶得千年船”定然是不会错的了。

游戏过程中，会时不时地接到蓝色或者红色的伞包。蓝伞包可以变成双发子弹，提高射击效率；红伞包则是炸弹，点击可直接炸掉屏幕上的所有敌机。然而，这样的运气，总是可遇不可求的，你千万别太指望着它们来救你。你接到了，纯属意外；你接不到，那是自然。当然，在接的过程中，也是有风险的。生活中或许有人会助你一臂之力，碰上了，是你运气好，千万不可忘记感恩；若别人不帮助你，那也是很正常的事情。

也有的时候，集了好几个红色伞包，总是舍不得用，想想目前还能应付过来，便硬撑着。撑着撑着，便撑不住，都来不及用红伞包，便被炸了。于是，就很懊恼：唉呀，早知如此，先炸了多好，白白浪费了这些伞包。可是，哪有后悔药呀！想到一个故事，说是有一个女人，有一条非常昂贵又漂亮的围巾，一直舍不得围，她一直在等一个重要的日子。结果，到最后女人离开这个世界，也没有享用这一条她最喜欢却一直没舍得用的围巾。这个故事是以前的一个同事转给我看的，最后有一句话：对自己来说，每一天都是一个重要的日子。

再高水平的人，也不可能无休止地将一局玩下去。人生，要习惯出局。

进入游戏时的广告语：用心创造快乐。游戏，是为了快乐。我们活着，也一样，是为了快乐（当然，这快乐的含义是广义的，丰富的）。所以，让那些让自己不快乐的事走远些吧！

（2013 年 10 月）

花言草语

春天，大自然的晨读课。

“草木知春不久归，百般红紫斗芳菲……”各路美人儿将自己打扮得光鲜亮丽，迎着朝霞，带着晨露，翩然而至。

红杏浓妆艳抹，她向来不在乎别人的脸色：“既是满园春色，何必扣扉不开？待我探墙看看来者何许人也！”在她的人生字典中，从来没有“娇羞”一词。

“为什么我们的绚烂就不是春天？”茶花们面对秀气的迎春花，一脸的不惑。是啊，她们也是很努力地开放着，花朵那样大，那样多，可是，却很少有人为她们驻足。“大概是因为你们姓‘茶’吧？”迎春笑盈盈地安慰道。

“我们的老家一定是在黄四娘家，这能千朵万朵压枝低的，除了我们海棠，还会有谁呢！”清明将至，海棠们开始怀念起自己的先人了。

杨树榆树则在一边叹着气：“大自然中，人是最不讲公平的家伙了，为什么‘桃李阴阴柳絮飞’，而我们一样美丽，却被贬作无才思呢！”

樟树卸下一身旧衣服，哗啦啦的落叶飞舞声提醒着身边的绚烂者们：“再美丽，也只是一个季节，且美且珍惜。”“落叶不是无情物，化作春泥更护咱！谢谢樟树兄了！”

银杏树善于思考，喜欢酝酿成熟了，确定春天已不再乍暖还寒了，才慢慢秀出小绿扇。不张扬，却很努力。所以，秋天的时候，只有他们能收获大片金色的智慧。

阳光下，听花言草语，任思绪飞扬……

（2014 年 4 月）

关于信仰

什么是信仰，我是真的一点儿也不知道。只是经常听人说，国人素质差，是因为缺乏信仰。昨天的圣凯法师也如是说。

于是，昨天听圣凯法师说到这一句“当智慧无法达到真理时，信仰就成为唯一的途径”时，自认为很经典。因为他说，智慧是有限的理性，而信仰，则可以无限地突破自己。抗战年代那么多的英雄抛头颅洒热血，不就因为信仰吗？在现代无信仰的国人眼里，可能会怀疑堵枪口炸雕堡的真实性；而其实，在那个年代，这样的英雄何止他们？前些日子看一本教学杂志，说有人质疑五下《桥》课文内容的真实性，有谁会在危险来临时不让自己先走，甚至不让儿子先走，而是让村民先走？但读过冯骥才的《一百个中国人的十年》，你会发现，《桥》一课中的老汉之举，实属平淡。我没有读过这本书，但我相信作者的这个说法。让没有信仰的人去理解那个年代里为信仰而付出的人的行为，是奢望。

说回来，于是，我把这句话和自己听讲座时一页抄经的内容发在了微信上。结果，吓坏了一大群。

因为在听经，本来就是个静心的过程。所以发完微信后，就把手机放进包里了。傍晚回家路上打开一看，大家关心的，不解的，开导的，很多。甚至有人说，你还是有空多和我们玩玩吧。

感谢之余，我是很诧异。这句话很奇怪吗？难道它有我要皈依佛门的暗示？因为早上一个同办公室的同事见到我就说，昨天一直因病在家休养的同事君打她电话了，问我最近有没有什么事。然后她告诉君，应该没有事吧，儿子还这么小，她怎么会出家呢。真是让我晕啊！

曾经写过一篇文章，《游走在雅俗间》。我就是这么一个真实的人啊。然而，一句关于信仰的话，却让那么多人不明白。

感动过后，诧异之余，我又想，大家为什么会对“信仰”一词这么敏感呢？认为“信仰”就是出家。看来，信仰是真的离我们太远了。

（2014 年 4 月）

四季若只如初见

前两天早上听天气预报，说是这周的最高气温会突破 30 度，能明显感受到夏的气息，不过不会有烈日炎炎的感觉。总之，初夏的味道，有夏天的幸福，比如漂亮裙子；还没有夏天的苦恼，比如高温，是非常不错的感觉。

细细想来，还真的是，初夏，清凉，舒适，飘逸，美丽。这个时候，春的多彩还未退尽：硕大的玉兰花站上枝头，甜甜的栀子花洁白如玉，火红的石榴花热热闹闹……这个时候，夏天的蓬勃已迫不及待：草地一片浓绿，枝头无限浓阴。这个时候，更有桃儿、杏儿让人垂涎，麦子、油菜离开农田……如此初夏，教人如何不爱她？

如此可爱，难道只是因为“初”的感觉？蓦地，想到“人生若只如初见”，再见，见的不也是同一个人吗？为何就没有初见时的惊艳与心动了呢？看来，“初见”确实魅力不凡哪！于是，又想到，何止是“夏季初见最美好”？其他的季节不也一样吗？

“天街小雨润如酥，草色遥看近却无”，那种欲现还休的娇羞的春意，给人多少期待与遐想！等到“等闲识得东风面，万紫千红总是春”的时候，我们早已没有了惊喜，甚至还会有“林花谢了春红，太匆匆”的惋惜无奈与伤感。

初秋，几阵台风，当清凉在“一场秋雨一场凉”的期盼中如约而至时，那是一种怎样的清爽啊！所谓的“心旷神怡”，说的应该就是初秋的感觉了。当然，初秋的自然也是最美的，五彩的田野，充实的山林，无处不是丰收之歌。随着秋的脚步，“清凉”也自然成为了“荒凉”。

那么冬天呢？我似乎也想不出初冬的什么好来，但是与隆冬相比，她显然可爱多了。网上不是传着这么一个好玩的段子吗？“冬天是个大流氓，总是对我动（冻）手动（冻）脚的。”如此说来，初冬还是比较斯文的吧，只要你不是太追求“美丽冻人”，一般来说，还是能与她融洽相处的。

初见，固然美好。不过，四季若只如初见，何时赏春花秋月？

（2014 年 5 月）

生活，即折腾

我们六七同学是好友，隔段时间便小聚。天南地北，家长里短；随性地喝，随意地聊。兴致来了，喝个酩酊大醉，或继续高歌;兴致阑珊，便牢骚完毕，各自回家。一回，一友说，我老公觉得真奇怪，你们几个跑这么远的路，就为吃个饭。是啊，我们有时从东边跑到西边，有时从西边跑到东边，二十几里路，就为一起吃个饭——没有目的，没有理由，纯粹地聚一聚。还是小瑛说得对："生活就是这样啊，没事找些事，否则多无趣。"

8月底，好友一行去嵊泗度假。周六晚餐时，我们几个大人都极其好心地安排着第二天的行程："让孩子们去体验一下出海捕鱼的感觉。""是的，虽然出海捕鱼我去过，但小的没去的，去一回吧！""是的，孩子在，一定要去。"岂料，朋友儿子小波的一句话猛敲了我们一棒:"不要去，出海又不是我们自己捕鱼，我们只是在船上坐着，农民伯伯（渔民）抓的呀！"其他几个孩子也说是，就船上坐一下，哪叫什么捕鱼啊。是啊，不折腾，光坐着，哪来的兴趣？

于是，我们取消了出海的计划。第二天一大早，四个男人去当地的菜场买菜。然后，我们一起洗菜，整理，一大拨人轮流在厨房里折腾。

那些个家里长期雇佣保姆和钟点工的家庭主妇们，这会儿也抢着拿拖把拖地，收拾碗筷。折腾了一上午，一大桌的海鲜出炉了，大家都争着拍照在微信朋友圈里晒，颇有成就感。我们都自诩，这就是真正的生活，慢生活。这才是真正的度假，真正快乐的旅程。回过头来想想，这快乐，不正来自折腾吗？

儿子花半天的时间为他的“驴头”做一小窝；我们用心安排一次旅行；母亲费尽周折亲自做一大锅粽子……正是这些折腾，让生活变得丰富多彩。

虽说平平淡淡才是真，但这里的“平淡”，更多指的是一种心境。对于生活来说，如果真没有一点点折腾，那不成了一潭死水了吗？

折腾对于生活，恰似母亲的唠叨对于一个家。

抱怨着，幸福着；忙碌着，收获着；折腾着，生活着。

（2014 年 9 月）

人生的丰富无法用彩笔绘就

中午在食堂吃饭，起身时，照例看见孩子们的餐盘几乎都没怎么动。若不是旁边那些七零八落的调羹，真看不出这是餐前还是餐后。“谁知盘中餐，粒粒皆辛苦。”我很自然地想到这个诗句，随即又笑了。诗句，只是靠它孤军奋战，何以拯救那些哭泣的食物？怎能左右那些单调的灵魂？

记得很多年前，上海的大伯（我父亲的堂兄）在清明前夕来乡下上坟，我和父亲陪他吃饭。知道伯父家境好，加上难得一见，因此尽管他一再强调菜简单点，我还是点得有点丰盛。当时吃饭的就我们仨，聊着吃着，饭菜确实有点多了。最后，父亲和伯父一边说着吃饱了，一边还是把半碗饭往嘴里扒。放下碗筷，伯父对我说：“阿静你看，这就是我们农村出来的人。知道粮食来得不容易，如果把这半碗米饭剩掉，真比割了肉还难受啊！”那句话一直刻在我心里，不仅仅因为它的正确，更因为我也一样感同身受。

我深谙一粒稻谷从清明孵化到夏日成熟的整个过程。插秧时的腰酸背痛；耘田时的蚂蝗追袭；收割时的汗流浃背；打稻时的筋疲力尽；扬谷时的碎草袭身；晒谷时的烈日炙烤……这些，若不是亲身经历，再丰富的语言也难以描述。所以，当我上学后听老师教育我们“谁知盘中餐，粒粒皆辛苦”时，那种从心底产生的认同感便将“节约”“爱惜粮食”深深烙在了心上。以至于直到现在，我若看到谁把饭吃一半剩那儿，就觉得浑身不舒服。

在现在孩子的眼里，所有的物品都是从超市或商场里来，只要他们想要，没有什么是得不到的，所以，他们也从来不明白为什么要对某一样东西“珍惜”——或者，他们根本就不懂何为“珍惜”。我们总是说，现在的孩子真不懂事。我们还说，现在的孩子真不听话，跟他说道理吧，都懂，但就是做不到。就像“谁知盘中餐，粒粒皆辛苦”，孩子怎么会不懂？可是又怎可奢求他们能懂？有句话这样说：“不要轻易去评价别人，因为你没有经历他的人生。”只有有了一定的人生体验，才能有一定的人生感悟。让一个从来没有下地劳动过的孩子去践行“谁知盘中餐”谈何容易？而这，又怎么能怪孩子呢？——我们给他的是衣食无忧的闲适，却偏要他理解物力维艰的不易。

“丰富”是个美好的词语。我们一边希望自己的人生是一帆风顺的，一边又想着能拥有“丰富的人生”。于是，很多人就拿起彩笔，试图为自己的人生涂色。不仅为自己的人生，也为孩子的人生，刻意地涂抹些缤纷。但有些努力终究是徒劳的。人生的丰富，根本就不是彩笔绘就的。

这也恰恰解释了我们的教育为何如此低效。

（2014 年 11 月）

旧光阴里的事物——缸

现在的孩子说起缸，大概也只有《司马光砸缸》的故事了。而对于我们这一代人来说，大大小小的缸，则装载了形形色色杂七杂八的生活与回忆……

水 缸

一般来说，家里会有两三个水缸。大水缸，小水缸；放在室内的，放在室外的。这些都是必须的。

那个时候，没有自来水。一家人的生活用水，都靠水缸来储存。村子东边有一口井，叫“李家井”（音），那井的水质特别好，很多人都去挑，不过路有些远。更多时候，家里喝的水都是父亲起早在家门口的小溪里担的。农村里不乏勤劳者，一般来说，人一起床，便会把鸡笼鸭舍里的畜生们都放出来。这样，鸭啊鹅啊都会先跑去溪中洗澡喝水，把水搅浑。所以，担水的，必须起个大早，天蒙蒙亮就去了。小溪的水是流动的，从村后的小山上流下来。一担大水桶，再拎一个小水桶，都是木头做的，很沉。来到溪边。由小水桶一桶一桶地舀起来倒进大水桶。舀着舀着，会把小溪底部的泥浆搅起，所以必须很小心。有时还需要舀几桶便等一等，等水澄清了，再舀。这样，担一桶水也颇费一些时候。

有时，家里农活多了，父母起早摸黑，会来不及担水，我和哥哥只好拿个沉沉的水桶去溪边扛。

尽管水缸里的水都是挑小溪最干净的时候担来的，但一缸水用到最后，缸底还是会有许多沉淀物，有时甚至会有那种小红虫，母亲称它为“天虫”（音），细细的，一厘米左右长，红色，在水中游动时体型呈“S”形扭动，叭嗒叭嗒很有节奏感的那种扭动。所以拿缸里的水用来煮饭的时候，得特别小心。

家里的水缸，一般分喝的（含烧菜煮饭）和用的。因为农活忙，担水工夫不多，所以水缸里的水一般都是节省着用的。而那些家里条件好的，就会在家门口的屋檐下放个大水缸，用来雨天接天落水——屋檐下横着挂一根对剖且凿去竹节的竹管，以接住所有的屋檐水，倾斜的竹管让水往一个方向流，注入水缸中。这样，用水就宽畅多了。而一般来说，我们家并不会有多余的空出来的水缸，所以只有羡慕人家哗哗地用水了。顶多在下雨的时候，在屋檐下并排地放几个脸盆或是水桶，积点小水，好洗衣物。

七石缸

上小学学了白居易的《观刈麦》后，我才知道“石”字还有一个读音是 dàn（“吏禄三百石，岁晏有余粮”），而且表示容积单位。记得那个时候老师解释说，我们家里有种缸，叫“七石缸”，就是因为它能装下七石（dàn）东西。我在恍然大悟的时候也奇怪，为什么我们都叫“七石（shí）缸”呢？那老师说的是不是真的，说实话，我到现在还不清楚。

凭我当时的生活经验，“七石缸”就是用来装猪食的大杂缸。蕃薯叶、蕃薯藤、菜叶、菜梗、芋艿的叶和茎……但凡田里收来的人不想吃的东西，便都切了放在“七石缸”，每天喂猪时舀上几勺。所以，与水缸相比，那缸又脏又臭。

米 缸

米缸，顾名思义，便是装米的缸。很多人家都会有米缸，不过我们家当时用的是米坛子，底小口小肚子大的那种，很高。当然现在看看，也不过及我腰部，但小时候用它的时候，那个印象实在是太深了。只要米不及大半缸了，量米（取米）便开始很费劲了；等到米越来越少的时候，我为了取米差不多要把整个人倒钻进去了。

越到缸底，米越潮，有时还会有一串串的蛀虫，淘洗的时候特别麻烦。前段时间听人说超市里的米为什么不蛀，是因为添加了防腐剂什么的，一下子就想到了那个时候曾经讨厌的米虫，似乎没有那么可恶了，甚至还有那么点可爱了。当然，小时候的我，还是挺羡慕别人家的米缸的，小小巧巧，口大，米好取。

只可惜那个时候，有一口缸也是家里的一笔大财富了，而我们家里向来穷。记得有一回，过年前，卖掉一大车草包，父母从公社里换来一口大缸。父亲和母亲把缸抬回家的那种欢喜，至今记忆犹新。

搬离老家后，破旧的院子里还有一个很大的“七石缸”。雨水，日晒，缸里满是青苔和垃圾。杨梅时节回家，母亲在里面斜插进一根木棍。这是为了防止冬天缸里的水结冰而把缸冻裂。“现在反正没用了，冻破了就冻破了呗！”我很随口地说道。“那也是舍不得的。”母亲说。对母亲而言，这缸的意义，自然更深远……

（2015 年 2 月）

蛙声 月夜

天气骤热。春天的水气夹杂着夏日的气温，热得很不利落。

似乎还没听到过春雷，也没多见春雨的淅沥。这个夏天，太迫不及待，注定会摔跤的。

这样的天气也不适合睡觉。

昨入夜，耳边尽是蛙鸣声。

于是，想到赵师秀的诗句："黄梅时节家家雨，青草池塘处处蛙。"是黄梅时节了吗？向来不喜欢黄梅时节，也不是很喜欢春天的花，总感觉春天是个很让人躁动不安的季节。绚烂的春花那样招摇，惹你羡慕又即刻消逝，爱上她，只会徒增烦恼；迷离的春色叫人懒散，再加上跌宕不安的气温……

又于是，想到赵师秀约客的那份闲适与宁静……

在没有手机没有微信的年代，他与朋友何时约定？大概是上一回见面时吧，亦或某日偶遇时？约好见面又是何时？就是那个晚上？还是春日的某天？又或许，连他们自己都不明确？

静谧的夜，淅沥的雨，晕黄的灯，寂寞的人。

偶尔传来的蛙鸣，更添夜的宁静。

那样安静地等待，没有焦灼的徘徊，没有疑虑的张望，更没有忿忿的抱怨。

寂寞，却不孤独。

“闲敲棋子落灯花。”是因为信任吧，相信朋友不会爽约。所以，那样恬淡，不急不躁，即使过了半夜。

恍惚中，似乎看到诗人家的门被推开了。无需回头，无需寒暄，坐下对弈，谈笑风生。

这样的朋友，谁也会有？苏轼。拜访怀民，甚至都不需要约。

“元丰六年（1083年）十月十二日夜，解衣欲睡，月色入户，欣然起行。念无与为乐者，遂至承天寺寻张怀民。怀民亦未寝，相与步于中庭。庭下如积水空明，水中藻、荇交横，盖竹柏影也。何夜无月？何处无竹柏？但少闲人如吾两人者耳。”

月夜之美，堪比黄梅时节的雨夜。

回过神来，问我的手机，我最长的等待是多久。

（2015年4月）

左手锦词，右手爱情

——读《临水照花人》

“临水照花”一词的美，堪比诗句“欲把西湖比西子”。有人说，正因为谁都没见过西子，这美丽可以随你的想像任意驰骋。临水照花，这“水”有多清，“花”有多美，“照”得如何，或娇羞，或静谧，或娇媚，或俏皮可爱……一切任由你的思绪飞扬。

一直以为，“临水照花人”便是张爱玲，一个才华横溢的美丽女子，所以在网上买下这本书。谁料，打开书页，撑一杆岁月的长篙，文字为筏，在历史风烟的深处，惊见一片临水盛开的娇花。原来，“临水照花人”，不只是张爱玲。走近，又发现，有着咏絮之才的她们，似青花瓷上的点缀，清冷的幽光背后，是那多少不为人知的辗转和忧伤。王玉洁著的《临水照花人》，让我随着她的文字可以与她们隔空对酌，聆听蔡家“焦尾琴”的清丽琴声；探寻沈家园里的如锦繁花；路过李家花园，窥一眼“和羞走，倚门回首，却把青梅嗅”的她，不打扰她们；一路上，捡拾一张粉色的“薛涛笺”，在一片银钩精楷中，品读她们“左手锦词，右手爱情”的一生。

“女人无才便是德”，果真是如此吗？对女人而言，才情或许真的不是那么重要吧，比如薛涛，比如李季兰。自幼灵动聪慧的薛涛，失去父亲后，一度沦落风尘，也确实是她的才情挽救了她。她遇上了生命中的贵人韦皋，他是能诗善画的儒官，救她，怜她，惜她，护她，也成全了她的才情。虽然也曾一度贬她，不过薛涛再一次用自己的才情——《十离诗》把自己救了回来。然而，才情能拯救的只是生活的部分，它终究敌不过世俗的烟尘。后来，韦皋升职，终于离她远去。接下来的节度使一个又一个，他们即便爱她的才，却能带给她什么？一个女人所要的家，要的相知相守，谁都给不了。哪怕是被薛涛爱得死去活来的元稹，也只留给她毫无尊重可言的如此诗句：“诗篇调态人皆有，细腻风光我独知”。薛涛的才情，为多少人羡慕，可它终究换不来她想要的生活，苍凉中，唯见那一片粉红色的“薛涛笺”随风飘零……李季兰，一句“谁道海水深，不抵相思半”既见才情，又知爱情，可是面对生活，她却也只能寂寞一生。

当然，能用才情挽回生活的，也不是没有。卓文君便是。作者说：“文君，嫣然一笑。爱情，婚姻，是女人一生的事业，她赢了。”文君的胜利，是因为她的才华，但不仅仅是。如果才情真的能拯救婚姻，那么，就不会有吴藻这样的悲剧了。一首《苏幕遮》，不难窥见吴藻的生活与心境：“貌倾城，才咏絮。待字闺中，长被诗情。一念幽芳空自许，织就回文，无有周朗顾。子成荫，花落树，春去春来，青鬓流年度。红烛今宵谁与诉？最是辛酸，嫁作商人妇。”如花容颜，咏絮才情的她，渴望的是一个能够和她一起诗词唱和的人，岂料，最后“嫁作商人妇”。才情无处安放时，痛苦便袭卷了整个生活。可惜，直到丈夫得急病离开她后，她才明白，原来诗词才情并不是生活的全部，她把一生中最重要的错过了。我一直在想，吴藻若没有如此才华，她便不会如此心高，那样，她一定可以和商人丈夫举案齐眉了吧。

才情无处安放时，痛苦便袭卷了整个生活。可惜，直到丈夫得急病离开她后，她才明白，原来诗词才情并不是生活的全部，她把一生中最重要的错过了。我一直在想，吴藻若没有如此才华，她便不会如此心高，那样，她一定可以和商人丈夫举案齐眉了吧。

才情如此，爱情也一样。爱情如青花瓷，或许能为生活锦上添花，比如李清照和赵明诚，可有时它也会逼得“生活”这个粗瓷大碗无处安放，尴尬不已。生活在南宋中叶的钱塘人朱淑真，相传为朱熹的侄女。琴棋书画诗词歌赋样样精通的她，经媒妁之约嫁给了一个自己不爱的人。才女心中的爱情，要的是心与心的碰撞和交流，那是需要对手的。

朱淑真找不到对手，留给自己的，便只有寂寞了，一生的寂寞。她认为自己和丈夫是“鸥鹭鸳鸯作一池，须知羽翼不相宜”，所以她说“宁可抱香枝头死，不随黄叶舞秋风”。她表面上写的是菊花，即使江南秋尽草枯，它也只是枯萎于枝头，不会让花瓣撒落一地。其实，她写的是她自己，没有了爱情，她宁愿高傲而凄清地守着自己，也不愿意委屈迁就着生活。

一次次地注视这一片临水盛开的花朵时，我深深地被她们的才情所折服，又一遍遍地替她们的命运感到惋惜。是因为“自古红颜多薄命”？不，我宁愿相信，她们左手锦词，右手爱情，已经腾不出空来拿捏生活了吧！《临水照花人》，抚平岁月的波痕，那美丽依然澄澈如水，那思考永远深邃似海。

（2012 年 8 月）

遥望文人底气，探寻“世纪之问”

——读《民国的底气》

2005年，病榻上的钱学森面对前来探望的温家宝，问道：“为什么我们的学校总是培养不出杰出人才？”并说：“回过头看，这么多年培养的学生，还没有哪一个的学术成就，能和民国时期培养的大师相比！”这就是著名的“钱学森之问”，也被称为“世纪之问”。作为一名教师，每每听到此问，心头便不自觉地涌上羞愧，为自己的才疏学浅，为自己的教学无方，为自己的无能为力，也为自己的身不由己。

透过钱老的“世纪之问”，我们不难发现：民国时期，虽然风雨飘摇，却不乏众多大师级人物，正所谓“赳赳民国，大师遍地，自由独立，底气十足”。从为学生管行李的国学大师季羡林到不为三斗米折腰的朱自清，从一生清廉的清华大学“终身校长”梅贻琦到琴棋歌佛诗书画样样精通的弘一法师，民国时期的大师们以广博的学识、率真的性格、不朽的的著作赢得了后世的瞩目。落尘的《民国的底气》以风骨为准绳，选取十二位民国教授学者的趣闻轶事，读来亲切，让人不时地会心一笑。辜鸿鸣、王国维、刘文典、叶公超、陈寅恪……一个个名字，仿佛一串串风铃，在岁月的幽深杳邈处轻轻摇响。读他们，或许能从中探寻到一点钱老的“世纪之问”的答案——至少，能让我们窥见大师的风骨。

综观大师们的故事，他们都有着对知识对真理最澄澈最执着的追求。与当下把知识作为工具相比，他们对知识的虔诚与执着让人动容。什么名利，什么政治，什么权位，在知识面前，统统让步。“哈佛三杰”之一的吴宓，即使在全民批林批孔的浪潮中，依然宣称“宁可杀头，也不批孔”；被誉为“活字典”的陈寅恪认为：“士之读书治学，盖将以脱心志于俗谛之桎梏，真理因得以发扬。思想而不自由，毋宁死耳。”在他的世界里，“独立之精神，自由之思想”是治学的前提，而治学并不仅仅是为了求生，学术是生命本身，是生命的终极意义。民国时期著名的红学家刘文典，在任安徽大学校长期间为了学生的利益与蒋介石对骂，而对于学术，他从来没有丝毫马虎，他经过多年苦心钻研，完成了《庄子补正》一书，成为天下“两个半懂庄子的人”中的一个；他授课时旁征博引，一次甚至在月光下对着一轮皓月为学生上《月赋》，让听者沉醉其中，乐而忘返。

大师之所以成为大师，不仅仅是因为知识，更因为他们的风骨。这风骨，顾名思义，是来自骨髓深处的。明代文人张岱尝言：“人无癖不可与交，以其无深情也；人无疵不可与交，以其无真气也。”读《民国的底气》，你一定会被其中的“笑话”逗乐，且看那些大师们的可爱的举动：辜鸿铭拿一份德文报纸倒着读；金岳霖在西南联大教书时，闲暇时总是拿梨或石榴去和小朋友们比赛，如果输了就把水果送给他们，然后自己再去买；吴宓酷爱《红楼梦》，看到有一家饭馆的名字叫“潇湘馆”，居然跑去砸了人家的店门，直至店家改名；被称为“汉语言学之父”的赵元任，却对女儿说研究语言学只是因为“好玩儿”……“夫童心者，真心也。夫童心者，绝假纯真，最初一念之本心也。若失童心，便失却真心；失却真心，便失却真人。人而非真，全不复有初矣。”是真名士自风流！

对知识敬重，对学术敬畏，真实率性，这就是我从本书中读到的民国的底气。遥望大师，解读一种文化的背影，然后，努力做一个有着“独立人格，自由精神”的真实的有文化的人。

（2012 年 6 月）

做最真实的自己

——读周国平的《岁月与性情》

读了一位爱好文学的朋友写的《安静》一书的书评后，就一直很想读读周国平。在网上搜索他的作品时，看到这样一句话：“男人不可以不读王小波，女人不可以不读周国平。”尽管有人说把读书作为一种时尚是可耻的，但我还是“时尚”了一回。在空闲时，我先断断续续读了他的《妞妞》，然后又买了他的散文集来看，暑假里有着大把的时间，于是又从书城淘来了他的自传《岁月与性情》。

捧着这本厚厚的自传，我怀疑自己能否把它看完——读长篇的或者看整本的书是需要一定的心境的。

与大部分的自传一样，开篇便是童年“绝对平民”，读小学时“不是老师的宠儿”……不知是因为对旧上海的生活场景比较感兴趣还是因为是作者真切的记录让人读起来饶有趣味，我愉快地读了下去，而且，出乎意料的是，仅两天工夫就把它读完了。

全书分为四部分，按照时间顺序，依次写了作者童年和少年时期、大学时期、毕业后在农村锻炼和工作的时期、回到北京读研究生和从事哲学研究工作的时期。作者在序言中说：“在这本书中，我试图站在一种既关切又超脱的立场上来看自己，看我是怎样一步步从童年走到今天，成为现在的这个我的。我想要着重描述的是我的心灵历程。”这一点，从书名中也可见一斑——岁月与性情。

作为不太会读书的我来说，读自传，就是为了多一点了解这一人物——因为对作品感兴趣，所以对其人感兴趣，仅此而已。就像歌迷们觉得一首歌好听而去喜欢一位歌手一样。要说读完后印象最深的，便是周先生的真实与超脱。

说他真实，当然不仅仅因为本书序言的题目是《我判决自己诚实》。我想，这是一种感觉，作者安放在字里行间的一种真性情，每一位读者都能感受得到的。很想举例，再次浏览整本书，却没有典型，只有将序言中的这句话摘录在这里：“任何一部自传都是作者对自我形象的描绘，要这种描绘完全排除自我美化的成分，几乎是不可能的，我知道我决不会是一个例外。”这足够真实。

“所谓真性情，一面是对个性和内在精神价值的看重，另一面是对外在功利的看轻。”这是周先生说的，更是对他自己的一个总结。在北大读书的时候，有一回，陈老师兴冲冲地约他去冯定家里，给这位写了一本《共产主义人生观》的著名红色教授祝寿，他躲掉了，而另几个同学却争相前往，引以为荣。周先生哲学系毕业，大部分人会认为读哲学就是搞政治、当干部，而他，除了在资源痛苦地当了八年半的小公务员外，都生活在自己的世界里。即便在上个世纪九十年代成为了著名的散文作家后，他也觉得“我哪里是在写散文啊。因为妞妞的灾难，因为婚变，我不得不劝慰自己，开导自己，而我的资源只有哲学，手段只有文字……”

活出真性情，做真实的自己，这是多少人向往追求的啊，哪怕只是自我标榜一下。口号总是产生于极端的现实中，大力倡导诚信是因为诚信不够，大声呼唤和谐是因为和谐缺失。同样，当QQ个性签名上越来越多地出现“淡泊”“宠辱不惊”“宁静”等字眼的时候，也正说明我们正生活在浮躁功利虚假中。现实中，又有几个人能真的超凡脱俗，活得率真？于是，我们又想方设法去抱怨这个社会，埋怨世风日下人心不古，埋怨收太低工作太苦，埋怨命运不公做人像奴……什么叫境由心定？来看看作者在资源做小公务员每天为无才无德的领导们写发言稿时的心境吧：

“看到无能的人走运，我不羡慕，因为他终究是无能的。看到有能力的人走运，我不嫉妒，因为这是他应得的。”

“生活苦吗？环境乏味吗？但我不羡慕任何人。我为我是我自己而感到幸福。我永远不会羡慕那些缺少精神的人，不管他们在别的方面多么富有。”

“尽管久居僻地，我还是勉力发奋，不让自己颓败下去。”

“即使一辈子受冷落，我也宁愿做一个默默无闻但有真才实学的人，而决不做一个不学无术的沽名钓誉之徒。说这是清高也好，说这是志气也好，反正我是决定这样一意孤行了。”

周国平自己也这样说：“我的经历实在是很平凡的，如果本书中的确有一些对于读者有价值的东西，那肯定不是这些经历，而是我对这些经历的态度。”是的，每个人都会有自己的经历，自己的生活，关键是你如何看待自己的经历，如何经营自己的生活，如果你一味地因为别人的看法说法想法而努力改变自己，那么，你将永远生活在别人的世界里。成功并非人生的主要目标，一个人，只有活出真性情才是没有虚度人生。

（2009年8月）

一路跋涉一路歌，也无风雨也无晴

——初读《苏轼传》

“明月几时有，把酒问青天……”曾经，只是会吟诵这名篇佳句，读了它，才明白原来这是东坡先生在中秋夜“欢饮达旦，大醉”后因为怀念弟弟子由而作；“老夫聊发少年狂，左牵黄，右擎苍……”曾经，以为这是诗人在花甲之年的感慨，读了它，才明白当时诗人才过不惑；“东坡居士”，曾经知其然而不知其所以然，读了它，才明白“东坡”是先生在流放黄州时开垦的一块荒地。它便是同是余姚人的王水照先生和其弟子崔铭博士所著的《苏轼传》，此书被喻为“规模空前的大交响乐”——“前有序曲，后有尾声，中间五音繁会而不紊乱，曲终奏雅而有余韵”。

读这一本书时，我时不时地感叹：唉，要是我有过目不忘的本事就好了！尤其是里面的诗词，我边读边“反刍”，同时也深深地体会到了先生所言“故书不厌百回读，熟读深思子自如。”

纵观苏轼的一生，祸患与荣华交替更迭，大起大落：得意时，他是誉满京师的新科进士，独当一面的封疆大吏，赤绂银章的帝王之师；失意时，他是柏台肃森的狱中死囚，躬耕东坡的陋邦迁客，啖芋饮水的南荒流人。但无论他身处何地，皆“上可陪玉皇大帝，下可陪卑田院乞儿”，宠辱不惊。掩卷回首，那颀长的背影，从四川的彭老山到京城的皇宫，从密州的灭蝗到西湖的筑堤，从赤壁绝唱到海南咏春……一路跋涉一路歌，那千年绝唱，久久地萦绕在耳畔：

莫听穿林打叶声，何妨吟啸且徐行。竹杖芒鞋轻胜马，谁怕？一蓑烟雨任平生。

料峭春风吹酒醒，微冷，山头斜照却相迎。回首向来萧瑟处，归去，也无风雨也无晴。

熙宁五年（1072年），苏轼因与变法派之间的矛盾越来越大，不断被小人的暗枪冷箭攻击，他上疏请求外任，神宗虽深知苏轼的学识，很想重用，但从大局考虑，给他一个“通判杭州”的美差。接下来的几年中，他先后在杭州、密州（山东）、徐州、湖州任职。无论是在富庶繁华的杭州，还是连年天灾穷乡僻壤的密州，苏轼本着一名正直封建官员的良心和他所独具的广博深厚的仁爱之情，尽心尽力、身体力行地为民造福。他和密州百姓一起灭蝗，在徐州，他亲自指挥并参与抗洪抢险的战斗。

密州的凄凉萧瑟也曾让苏轼孤独沮丧与失意，但那一刻，他选择的是重读《庄子》：“人生一世，如屈伸肘。何者为贫？何者为富？何者为美？何者为陋？”带着现实的苦恼重温这些富有启示的哲理，他的心头豁然开朗：人生短暂，只如手臂一屈一伸，贫富美丑也只是相对的概念，在如此短促的一生中，斤斤计较生活的丰盛与否，是多么可笑而荒谬。“人之所欲无穷，而物之可以足吾欲者有尽。”自然环境的险恶不仅没有击垮他，反而让他更坦然地迎接每一次挑战，“我生百事常随缘”。或许上苍真的要考验苏轼，元丰二年（1079 年），几乎要了苏轼的命的“乌台诗案”发生了，李定等人无中生有，用极其卑鄙的手段欲置苏轼于死地，“顷刻之间，拉一太守，如驱犬鸡”。狱中的几个月，苏轼更是饱受身体与精神上难以言喻的凌辱与折磨。

在囚禁 130 天后，神宗因为太后请寿而大赦天下，苏轼暂无性命之虞。劫后余生，苏轼被贬黄州——一座偏僻萧条的江边小镇，任何人走到这里都会产生一种被遗忘、被弃置的凄凉感。然而就是在这个居无定所、食难果腹的黄州，苏轼再次用智慧与豁达的气度征服了它。在这里，他早出晚归，躬耕东坡，自盖茅庐，享受着田园之乐；在这里，恶劣的气候条件、时时不断的病痛折磨、接二连三的死亡变故，让他潜心研究道家的养身之术；也正是在这里，让苏轼对人生的思考趋于成熟，他的诗词书画艺术均焕发出动人的光彩。千古绝唱《念奴娇·赤壁怀古》、充满哲理的《前赤壁赋》以及空灵奇幻的《后赤壁赋》等著作，均在这一时期完成。

“天将降大任于斯人也”，经历了近三十年的仕途风雨和九死一生的“乌台诗案”，元丰八年（1085 年），苏轼的仕途之路突然变得平坦宽广：在不到一年的时间里，他从投闲置散的谪官，扶摇直上，连换官服，升到三品，并兼任“侍读”（即“帝王之师”），成为朝廷中举足轻重的人物。面对这“金翠耀目，罗绮飘香”的官僚乐园，苏轼并未沉湎其中，在他看来，乐既不足慕，苦亦不足畏，身因其中，苦乐一样平常，艰难困苦终将过去，功名利禄又何尝不是过眼烟云？因此，他虽处荣华富贵的热闹场中，但依然过着恬淡简朴的生活。

前些日子去海南旅游，听导游介绍那个曾被称为“南蛮之荒”的地方，他说，古时候的犯官，若被贬到海南，那几乎是没有可能活着回去了。据史册记载，被贬海南依然能活着回去的共有两人，其中一个就是苏轼。听这话时，我看《苏轼传》才一小半，心中自然不明白苏轼有何等能耐。读完整本书，这答案自然不言而喻。

回过头来看这一本传记，它是我读得最辛苦的一本，不过也是最耐人寻味的一本。虽读完一遍了，但感觉只是读了个开头，一个精彩的开头，它吸引着我继续去品味它。与其说这是书的魅力，不如更准确地说是东坡先生的人格魅力，且看国学大师林语堂的评价：“像苏东坡这样的人物，是人间不可无一难能有二的。……苏东坡是个秉性难改的乐天派，是悲天悯人的道德家，是黎民百姓的好朋友，是散文作家，是新派的画家，是伟大的书法家，是酿酒的实验者，是工程师，是假道学的反对派，是瑜珈术的修炼者，是佛教徒，是士大夫，是皇帝的秘书，是饮酒成癖者，是心肠慈悲的法官，是政治上的坚持己见者，是月下的漫步者，是诗人，是生性诙谐爱开玩笑的人……苏东坡的人品，具有一个多才多艺的天才的深厚、广博、诙谐，有高度的智力，有天真烂漫的赤子之心——正如耶稣所说具有蛇的智慧，兼有鸽子的温柔敦厚。”

初读东坡，只是打开千年传奇的扉页。“莫听‘神马浮云’声，何妨吟啸且徐行。”

（2011年8月）

觅雪泥鸿爪，品赤子之心

——再读东坡

初读东坡，只是打开千年传奇的扉页。“莫听‘神马浮云’声，何妨吟啸且徐行。”这是去年初读《苏轼传》之后留给自己的一句话，希望自己在浮躁的“神马浮云”声中且行且读，且读且思，继续品读东坡先生，学习他的淡定与从容，感受他的乐观与豁达，欣赏他的睿智与才华。

一年多来，我吟着东坡先生的“也无风雨也无晴”，再次来到蜀都眉山，从那里出发，跟随先人的脚步，一路探访。再读东坡，我边读边记，摘抄了许多有意思的诗文。读完之后，小本子也就摘满了，翻看这些诗词，我情不自禁地在小册子的扉页写下了一些词语，颇似QQ上的“好友印象”一栏。仿佛他就是我的一位朋友，我最喜爱最敬重的朋友，我要为他写上我对他的“好友印象”，以便让更多的人知道他的好。

“才华横溢”“善良”“天真可爱”“快乐顽皮”“忠心耿耿”“豪放洒脱”“深情”“尽职”“宠辱不惊”“倒霉蛋”“幸运儿”“乐天派”……每一个“好友印象”背后，都有一个或者一串感人至深的故事。综观先生一生，他的思想在诗句“人生到处知何似，应似飞鸿踏雪泥。泥上偶然留指爪，鸿飞哪复计东西”所阐述的观点中可见一斑：人生虽然无常，但不应该放弃努力；事物虽多具有偶然性，但不应该放弃对必然性的寻求。既深究人生底蕴，又乐观向上，这就是苏轼。

初读东坡，是王水照的《苏轼传》；再读东坡，是林语堂的《苏东坡传》。前者将苏轼的生平与作品互为编织，让诗文与生命经历互为注解，于诗词中读传记；后者则是林语堂的娓娓讲述，他在传记开篇便说："我认为我完全知道苏东坡，因为我了解他，我了解他，是因为我喜爱他。""我读过他的札记，他的七百首诗，还有他的八百通书简。""我觉得自己好像一个中国的星象家，给一个人细批终身，预卜未来，那么清楚，那么明确，事故是那么在命难逃。"因此，再读东坡，看到的不仅仅是高大的形象，更有他那坦诚的赤子之心。

"十年生死两茫茫。不思量，自难忘"，那是东坡先生怀念亡妻的赤子之心；"但愿人长久，千里共婵娟"，那是东坡先生思念弟弟的赤子之心；"惟愿吾儿愚且鲁，无灾无难到公卿。"那是东坡先生疼爱儿子的赤子之心；"水来非吾过，去亦非吾功"，那是东坡先生关心爱护穷苦百姓的赤子之心；"圣主如天万物春，小臣愚暗自亡身"，那是东坡先生忠诚皇帝的赤子之心；"何夜无月，何处无竹柏，但少闲人如吾两人耳"，那是东坡先生对待朋友的赤子之心；哪怕是面对他自己并不熟识却仰慕他已久的歌妓李琪，他也十分尊重，"恰似西川杜工部，海棠虽好不吟诗。"

当然，最见他赤诚之心的，当数与比年长他十五岁的伟大政治家王安石的交往历程。王安石是中国历史上伟大的改革家与政治家。他有才华，有抱负，又恰遇宋神宗这位雄心万丈一心想把国家治理好的明君。于是，他施展拳脚，大刀阔斧。当然，任何改革都不会是那样一帆风顺的。王安石丰满美好的愿望在实践中被击得体无完肤杯盘狼藉。他的不甘心失败，加上李定、吕惠卿等小人的作祟，让他很快陷入了“当局者迷”的困境——也或许是他不愿清醒吧。于是乎，以司马光、苏东坡为首的这一站在百姓立场、目睹百姓疾苦的“反变法派”站出来大声疾呼。特别是苏东坡，以他孩子般童真的天性，直言不讳，结果，非但没有遏制事态的进一步恶化，反而差一点搭上了自己的性命。“乌台诗案”后，东坡被贬黄州，在那里，他的生命和心灵得到全新的洗礼。元丰七年（1084 年），苏轼离开黄州，重游庐山，之后在金陵小住，并前去拜访王安石。十四年之后，苏轼再次见到的王安石，政治的失意、长儿的去逝，让这位曾经精明强干雷厉风行的政治家变成了一位风烛残年的孱弱老人。对于过往，王安石不会没有愧疚。然而，再见时，苏东坡以一句笑谈“苏轼今日敢以野服见大丞相”，让两人冰释前嫌。他们谈佛论道，品诗论史，甚是开心。苏轼为了拯救当时人民忧恐国家动荡的危难局面，甚至主动和王安石谈起了应该是他们最忌讳的政治问题。王安石感动于东坡的坦诚与胸怀天下，答应了他的请求，还邀请他就在金陵买田置产，比邻而居。东坡也欣然从命，积极措办，尽管最后未能如愿。

东坡先生一生跌宕起伏，但他始终以一颗赤子之心对面一切，当然也包括面对他自己。他和弟弟子由曾有过这样一番对话：

“我知道我一向出言不慎。我一发现什么事情不对，就像在饭菜里找到个苍蝇一样，非要唾弃不可。”

“但是你要了解你说话的对方，有人你可以推心置腹，有的不可以。”

“这就是我之所短。也许我生来就太相信人，不管我是跟谁说话，我都是畅所欲言。”

这就是苏东坡，一颗真实的心，一个真实的人。

只有一个真正经过风雨历练的人，才能写得出“一蓑烟雨任平生”。回首我们自己的生活，记得经常找寻自己的心，然后轻轻地对自己说一句：“回首向来萧瑟处，归去，也无风雨也无晴。”

（2013 年 12 月）

第二辑　教学杂思

“咬文嚼字”撷趣

（一）“七月流火”

这个词语极易望文生义，理解为“炎炎酷暑”。刚刚在“在线”就看到一位颇具文学造诣的作家也如此理解这个词并用这个词作为题目的一部分。前两天的《浙江日报》中有篇文章，说“七月流火”其实并不指天气炎热，而是说即将入秋时天气渐渐转凉。文中具体解释了这个词中的“火”字，只是我读书看报向来马虎，都不记得了。

（二）“矮”与“射”

余秋雨在《借我一生》中写到了他们村子里的一位名叫“舫迟”的懒汉，他对当时的余秋雨等小孩子说道：“你们读书不用学得太认真，好多字是前人搞错了。例如那个‘矮’字，一个人戴着帽子蹲着脚在射箭，‘矢’就是箭，那么这个字就应该是‘射’；而‘射’呢，寸身为矮，正好对调。”读了这么多年书，第一次看到如此有意思的理解，呵呵。

（三）关于“清高”

易中天在《品人录》中这样理解“清高”：人不可清高，因为清则易污，高则易折。粗粗一看，这理由似乎挺对，但回味一下，感觉有点不对劲了，一个清高的人,“易折”倒是可能的,树大都招风呢,但怎么可能“易污”呢？于是特地查阅了词典，里面的解释为：指人品纯洁高尚，不同流合污。回过头来想想，易中天之所以这样理解，可能也只是在他那个具体的语境中吧。

（四）想起“精”字

前一阵子和一位友人聊天，不知怎么的说到了“水至清则无鱼”，本来想起这句话时，是夸对方的，但等这句话发出去后，突然想起它的前一句是“人至精则无友”，自己都吓了一大跳，惨了，岂不是骂对方精明了吗？然后费了好大口舌跟他解释自己只是断章取义，绝对没有说对方精明的意思。好在对方也不在乎。昨晚，却突然想起，自己犯了好大的一个错误！这“精”与“清”相对，应该都是褒义词才对啊。我当初怎么会理解成“精明”呢？应该是“精华”这一类的意思啊，这样理解不是挺顺理成章的吗？自己理解错了，还一个劲地为自己的错误找理由，真是一个笑话。

（五）衣冠禽兽

在新到的《读者》（16 期）中,看到这篇关于“衣冠禽兽”的文章，与此文内容相属，故摘之。

这个成语现在通常用来指那些道德败坏的人。其实，这个成语的原意并非如此。历来的统治阶级把“衣冠”作为权力的象征，在上面绣以飞“禽”走“兽”，来显示文武官员的等级，文官绣禽，武官绣兽，且等级森严。

（2007 年 8 月）

闲话语文教师的学识素养

教师，传道授业解惑者；语文教师，在传道授业解惑的同时，还要引领学生走进文字，领略汉语的美妙与神奇，和学生一起说字正腔圆的中国话，写方方正正的中国字，书洋洋洒洒的中国文。语文，是工具，所以我们要认字、朗读、积累……语文，更是一桌“满汉全席”，需要我们去感受、去品味、去享受……

那么，作为语文教师，如何让语文学习超越工具性的层面，真正体会语言文字的魅力？《新课程标准》要求我们语文教师要“拓宽语文学习和运用的领域”，引导学生“跨学科的学习”，“使学生在不同内容和方法的相互交叉、渗透和整合中开阔视野”，以培养学生的综合运用能力。要引导学生“跨学科”的学习，教师首先必须有“跨学科”的素养。

课文《月光曲》描述了著名音乐家贝多芬创作《月光曲》的过程。文中有一段联想，描绘了月光映照下的大海由平静到波澜壮阔的美妙景象，与《月光曲》的旋律浑然一体。如果一位语文教师不懂一点音乐，如何引导学生走进如此美妙的境界呢？同样，一曲《高山流水》，悠扬的古琴演绎出俞伯牙与钟子期之间的纯美故事，这是课文《伯牙绝弦》的升华。

一位语文教师，还要懂点美术。于永正老师《画风》的课堂教学已成经典，试问，没有一定的美术功底，能如此驾轻就熟地展示他的教学过程吗？语文教学中需要用到作画技巧的时候实在不少，特别是简笔画。且不说低段的板书有了简笔画更直观形象，中高段的不少课文如《船过三峡》《桂林山水》以及《长征》中“逶迤”与“磅礴”的教学，教师若能采用恰当好处的作画辅助教学，会达到事半功倍的效果。新版实验教材中还有不少“综合性学习”，里面的编写手抄报、出板报、制作知识小卡片等，则更需要教师懂一点美术了。

数学与语文似乎是对立的，然而，我们的语文教学也经常需要数学来帮忙。这就要求一位优秀的语文教师也得具备较高的数学水平。从宏观而言，运用数学的思维方式来看语文教学，可以提高语文教学的效率；至于微观的事例，就更多了。五下的第六单元是一次大综合实践活动，其中的一项作业是写研究报告。在指导这项作业时，我就如何记录调查现象对学生进行了详细的指导，当我说到可以用划“正”字的方法记录时，学生一边兴奋地嚷着“我们数学课上学过”，一边向我投来惊佩的目光：“老师，你数学也知道的啊！”这样的话语虽有些幼稚，但足以说明一位语文教师拥有数学能力的重要性。

当然，作为语文教师，你还会在教学过程中不知不觉地充当着历史老师（《圆明园的毁灭》）、物理老师（《两个铁球同时着地》）、生物老师（《童年的发现》）……语文教师在学识上应具备怎样的素养呢？由此不难窥见一斑。

（2009 年 6 月）

孩子，我在远处望着你

——解读智慧的小徐妈妈

前些天的家长开放日，让我再一次见识与领略了不同家长的特点与智慧。期末考试卷面成绩比较漂亮，以 99、98 分的居多。面对并无二致的分数，家长们态度迥异，有眉开眼笑的，有抱怨唠叨的；有微笑鼓励的，有厉声指责的；有心痛遗憾的，也有欣慰理智的……不同的态度，都可以理解，因为孩子不同，因为家长的期望不同，因为试卷上的错误不同。在这么多表情中，我最欣赏小徐妈妈的做法。

先来介绍一下小徐吧。真的是“小”徐，小小的个子，小小的声音，小小的脾气（当然指脾气很好啦）……记得上一年级时，她也真没少让我操心：字写不好、作业速度慢、答题质量差……有时心急了，特别是作业本上的字很脏时，也会又气又急地批评一番。每一次，她都只是皱着眉头，嘟着小嘴，慢吞吞地拿回去，慢慢地擦掉，再慢慢地写，然后依旧慢慢地上来交给我。跟她妈妈交流沟通后得知，原来是她在上一年级前没有进行过任何的提前学习，拼音、认字，她都是从头开始。理解了，便更有耐心了，对于孩子，很多时候，我们都只能慢慢地等，等他（她）慢慢地长大。一下年级开始，她慢慢地跟上节奏了，上课也开始能举手发言了，虽然次数不多，但颇有“不鸣则已，一鸣惊人”

的范儿。这学期，自然更没有什么问题了。

家长开放日上看完试卷，小徐妈妈没有像很多妈妈一样纠结在这一份期末试卷上，更没有纠结在分数上，她跟我说："钟老师，我发现我们徐诗涵这学期进步了。"当时小徐就在旁边，每一个孩子听到这样真切的话语都会很开心，胜过任何物质上的奖励。是的，小徐确实进步了，接着，我把小徐这学期中所有好的表现都跟她妈妈罗列了一番：上课听讲很认真；没有很强的表现欲却很会思考，有自己的想法与见地；学习心很静，平心静气，十分难能可贵……最后，小徐妈妈说："我一直告诉她，关键要平时掌握得好，平时都学好了，考试考差了也没关系；反之，平时学得不扎实，就算考得很好也是没有用的。"徐妈妈的智慧可见一斑！

小徐妈妈平时比较忙，小徐也是在托管里的时间比较多。小徐妈妈总是对托管里的老师说，作业让孩子自己独立完成，尽量不要去教她，也不要去多管她。虽然放在托管，但只要一有空，小徐妈妈总会来接孩子，用她自己的话说："我不太管她，但我一直关注着她，看着她。"这个"看"，就是远远地看，而不是面对面地盯着。

一年半来，小徐"零基础"入学，从跟不上到跟得上，从刚跟上到稳中有进步，一路走来，孩子没有气馁，没有自卑，没有急躁，平心静气、脚踏实地地走着，这与孩子妈妈的智慧是分不开的。不管孩子处于怎么样的学习状态，妈妈给予孩子的，始终是信任，百分百地相信，这信任，缘自爱，更缘自智慧——爱，是需要智慧的。

我觉得，孩子应该是我们手中的风筝，他是属于广阔的天空的。如果你天天拽着它，不给它飞翔的机会，那么，它只是一个纯粹的玩偶。当然，你也不能任之放之，毕竟，不是任何时候都是“二月春风”的，你需要适时地收收放放，给它一个正确的方向。只要我们关注着它，握着它的线，那么，就让它飞吧，飞向广阔的蓝天。

（2012年1月）

经典文化，何论斤两

虽然有那么多关于教学的方法论，有一波又一波的教学改革，有一批又一批的教学理念，我始终认为，教学，是教师极个性化的行为。语文教学尤是。我也不止一次地提到，自认为最理想的教学境界，是一支粉笔一本书，和孩子们一起行走的文字中。

我喜欢文字，所以在课余时间，让孩子们背点《经典诵读》中的诗词小赋，每天中午安排了午间诵读时间。既然安排了，总想让孩子们能够有所收获，所以会定期出点简单的小题目测一测，以作反馈与监督。一个班级，孩子们的表现自然是参差不齐。于是，也会有家长有微辞：孩子背这样的东西有什么用呢？

语文是母语教学，与其说教语言，不如说更多的是学习文化，祖国的传统文化。而文化，对一个人的成长是潜移默化的，又是不可或缺的。《小学语文教师》主编李振村老师曾做过《浸润在优雅的汉语里》的报告，他指出，“新经典”诵读的意义在于传递新经典的基因、构建幸福诗意的人生以及驱逐粗鄙之表达，还原汉语之优雅，并解释今天我们为什么还要诵读经典以及诵读什么样的经典。李老师说，读书最重要的是要倡导无功利阅读。摘录其中一段——汉语是世界上最古老的语言之一，它的精练、优雅和丰盈，世所公认。我常常庆幸，在我们的语言地图里，因为有这样一笔绚丽的遗产，人生就不会显得贫乏，寂寥的心情也不用担心找不到归宿。如果你的记忆里有“大漠孤烟直，长河落日圆”，有“春心莫共花争发，一寸相思一寸灰”，有“今宵酒醒何处，杨柳岸晓风残月”，有“哀吾生之须臾，羡长江之无穷”，有“满纸荒唐言，一把辛酸泪”……那么，本已远去的那些伤感岁月，本已消逝的那些灿烂面容，就可能随时复活，随时在语言里和你重逢。谁又能说这些纸上的行旅，不是真实人生的延续和扩展呢？

引用这样的语言，或许在很多人看来觉得有点玄，感觉离我们的实际教学太远。但如果我们教孩子们学习语文，只教他们如何做题目，这岂不是对生命的漠视？更何况，没有了文化的积淀，要做好题目也是有难度的，比如写作文。但你要说这文化如何论斤论两地等同于分数，我还真说不上来。所以，请不要问我：背了古诗有什么用？更不要以为，背了古诗就是为了试卷上的那几格填空。阅读，应该是无功利的。就好比这世界上有许多用金钱买不到的东西，文化与知识，也不是都能折合成分数的。

既然是经典，能够经历无数历史的尘烟而依然熠熠生辉，它的价值毋庸置疑。读它，背它，不为什么，就因为它们是祖国的传统文化，就因为我们是在学习语文，“腹有诗书气自华”，只愿我们的生命因文化的浸润而更丰满。

（2012年10月）

书香，从何而来

在这个鸟语花香的季节,“书香”一词又愣生生地站到了我面前——语文组开展“书香伴我行”征文。于是我就想，假若“书香”也和“花香”一样,经过四季的轮回之后能在春风的沐浴下氤氲而生,那该多好！

前些日子买了周国平的散文，领略了他安静读书、真实写作、淡泊为人的境界，又想想我们的学生一边被要求每天为了分数急功近利地做着答题的机器，一边又试图通过说教让他们成为“书香”学生，不由得悲从心生:“书香”，多么奢侈的词！或许会有同仁反对:“才不呢！现在的孩子也看书，小小年纪说起四大名著都一脸的自豪呢！”是的，他们从一年级（甚至更小）就知道那么些赫赫有名的大部头了，可是你试过没有？到小学毕业，他们知道的还是这一些。

上周的一节读报课，新到人手一本《中外童话少年读本——经典美文》，大部分学生打开后直奔漫画，边看边咯咯咯地笑着。我也打开一本看，第一篇《貌似两生花》中，读到“有一天，一根火柴走在路上，突然！他的头很痒,他就开始挠头,然后就着火了”这一句,我不禁感叹:多么灵动、多么富有智慧的语言！一看作者，蒋方舟。于是打算带他们一起欣赏这篇文章。“我们先来看看作者，蒋方舟，知道吗？”教室里一片木然。有些意外，但不死心，因为我们班有不少自诩“书虫”者。

再问，寂静依旧。那么多自以为博览群书的同学，此刻，无一反应。心寒。“小学高年级的学生不知道蒋方舟，怎么能说他是读过书的呢？”我幽幽地叹道，“那你们平时在家看书，都看些什么书呢？”这下，教室里气氛又活跃了：“《水浒传》！”“《绿野仙踪》！”“《西游记》！”……哦，原来如此！又想起好多年前向三四年级的学生推荐阅读《淘气包马小跳》系列丛书时，有家长特地跑来问我：“老师，这又不是什么名著，看了会有用吗？”培根在《论读书》中说道：“读书可以作为装饰”，然而，假若读书只是为了“装饰”，这岂不成了读书的最大悲哀？

周国平说：真正的阅读必须有灵魂的参与。再看看他的生活：“我的日子真的很安静。每天，我在家里读书和写作，外面各种热闹的圈子和聚集都和我无关。”略知周国平的读者都明白他笔下的“安静”——丰富的安静。我想，这才是真正的读书吧。也只有这样阅读，才能感受到“书香”吧。我真的很佩服“书香”一词的创始人。虽说赵恒皇帝的“书中自有黄金屋”“书中自有颜如玉”是历来激励人读书的经典名句，但其中的“金屋”“美人”“良田”总沾着那么点儿俗气，远不如这一“香”字来得含蓄、雅致。“石本无火，相击而成灵光；水尝无华，相荡乃成涟漪”，同理，书本无香，披文而得意境；字本无情，入境犹遇知音。

“书香”，不是将书显摆一下，凑近闻之就能得到的，更不是在“XXXX”口号声中酿制的。就像我们的学生，如果把他们当作制造分数的机器，将他们扔进题海，又如何让他们静心下蹲，掬一捧文字的涓涓细流？

书香，从何而来？我们需要思考，更需要践行。

（2009年4月）

不要让教育“畸”在起跑线上

上个月，楼下邻居在小区见到我，问我暑假是否教拼音，因为她女儿下半年上一年级了。这邻居虽说搬来没多久，但因为年龄相仿，人又随和，上下楼时经常打招呼，也算熟。所以那天站在楼下聊了一会儿，我十分诚恳地说了我的看法。我的建议是不用特意去学，让孩子有空时磁带碟片里听一点，大概有点印象就好了。

上个星期，小区里散步，一原来的同事拉住我：“暑假里你教不教拼音？”她说她有一个朋友的孩子，下半年上一年级了，要学。还没等我说什么，她先滔滔不绝地说开了：“你们城区里上小学，一定要先把拼音学好的，否则以后会跟不上的。还有，我朋友说她会再叫几个孩子的，让你带一个小孩子不好意思。他们甚至连价钱都打听好了，就是把所有的拼音都教完……”最后我告诉她，我不教，暑假想休息是一个原因，当然最主要的原因是我认为这根本就没有必要。我不想做一件自己都认为没有丝毫意义的事。如果做了，那是很折磨自己的。

我一直认为那么多家长都是因为是“教育的外行”，所以才会拼了命地让自己的孩子提前学拼音，唯恐落后。而自己作为一名教师，见过那么多孩子，深知“别让孩子输在起跑线上”是根本经不起时间与事实的推敲的。然而，前两天办公室里的一幕却让我大跌眼镜：我和家有下半年要上新一年级孩子的家长（自然是同事，是同行）争论关于要不要让孩子提前学拼音的话题。而且，争论还相当激烈。我的“不学论”遭到强烈围攻与反击。哪怕我声明我的意思不是一点也不学，是该让孩子事先稍微熟悉一下拼音和音节的拼法，但是不要过分学。

那一刻，我突然想：真的是我错了？

但我依然固执地认为：让孩子提前上培训班学完原本属于一上年级教材里的内容，定然是不合理不科学的。

先说两个事例。班里有个女孩小徐，入学真正的零起点，拼音、写字，什么都没学过。初入学时，与班里其他的小 T（提前学的）们相比，她的作业质量确实不好。甚至因为连橡皮都不会用把作业本弄得很脏而重写。其实，一年级的学习的知识量并不是那样大。文文静静的她，慢慢地就跟上来了。到了二年级，看不到什么落后的迹象了。如今三年级，她因为踏实认真的态度，爱好看书的习惯，各方面的表现不知要比曾经的小 T 们好多少倍。这一路走来，她与其他孩子最大的区别是，她在不断地进步着。进步，有成就感，这对一个孩子的学习与发展而言，是多么重要的内驱力！而那些之前先学好的孩子，老师在新授课时，他们会因为自己已经知道了而沾沾自喜，潜意识里便认为自己是个很聪明的孩子。但这岂是真正的聪明？只是拔苗助长的暂时性“好看”而已！——孩子们是不明白的，但我们家长与老师岂可不明白？我们且不看孩子的作业质量、考试成绩（一二年级的成绩又能说明什么），光从孩子的心理来看，前者是通过学习通过努力体验进步感受成功，后者则认为一年级的东西太简单，我太聪明，无需努力。这截然不同的心态将决定孩子接下来的学习。孰轻孰重？

第二个事例说说自家儿子和侄女。四年前，同上一年级。那年的暑假，两小儿就看看“巧虎”碟片中关于拼音的内容，里面就有拼音的认识和相关的游戏、歌曲。我想，听听也差不多了。当然，在有空的时候，我也教他们认了六七个声母，然后把它们和六个单韵母进行拼读。如此而已。

开学初，确实马上遇到麻烦了。因为两小儿上一年级时我正好教六年级，对于新版一年级教材，我是一点儿也不熟。第一周发下来的拼音练读纸上，马上出现了“yi”“wu”的整体认读音节。这对他们来说是完全陌生的！所以拼音纸上的音节总是不会。不会怎么办？慢慢来呗，这是唯一的办法。于是，老师说读五遍，他不会读，就少读几遍，不会的我偶尔教几个，有时让他自己跳过去，绝不因为不会读而给他加班加遍。我一直这样认为：拼音要学大半学期呢，天天读，总会读会的。大概一两周后，这些原本陌生的整体认读音节很快便熟悉了，接下来便没有什么问题了。

总是有家长说，怕人家都学了，我们不学，跟不上怎么办？孩子会失去信心的。这样的担心固然不是没有道理。但问题是提前学习能解决问题吗？要说能解决，也只能解决孩子一上年级这一学期里的问题吧？——这似乎又回到了“不让孩子输在起跑线上”这句话了。但问题是，孩子的学习并非50米短跑呀！更重要的是，家长有没有想过这样做的弊端呢？

弊端一：不利于孩子养成良好的学习习惯。进入一年级的小学生活与幼儿园完全是两回事。与幼儿园相比，一年级的孩子需要遵循更多的规则，在规则中学习，在努力中进步。前文也提到了，孩子提前学习会让他们在潜意识里误以为自己是很聪明的。孩子需要自信，但不需要自负。

弊端二：同样的内容，在孩子还小的时候学与孩子稍大些学，效率一定是后者高（虽说才相差没几个月），因为孩子的接受能力强了。另外，同样的内容，是在正规的小学老师的带领下学习好还是在形形色色良莠不齐的培训班里上好？再者，同样的内容，是花了钱学好还是在学校里免费学好？

弊端三：助长了教育的畸形发展。大部分人一边对当下教育的不合理性深恶痛疾，一边又拼命地予以推波助澜。都不学，不是连担心都免去了吗？

那么，是不是有办法改变这种现状呢？如何不让教育从起跑线上就开始变得畸形呢？首先，学校一年级老师的评价不应过分注重学习、作业的结果，而更应关注孩子的学习过程与学习态度。其实，绝大多数的老师们也正是这么在做的。其次，要改变的便是家长的观念了，如果家长不摒弃急功近利的思想，如果家长对自己的孩子没有足够的耐心和信心，如果家长还只是把孩子当成学习的工具，那么，一切便无从谈起。

眼下好多孩子的家长（特别是一年级的家长），大都对自己的孩子寄于厚望，并幼稚地认为，自己的孩子是非常聪明的。孩子是聪明的没错，可为什么说家长是“幼稚地认为”呢？因为他们都认为“仅仅”是自己的孩子是聪明的，殊不知，别人家的孩子也很聪明，甚至更加聪明。有了这样错误的想法，许多家长便要求自己的孩子一进校园便应该处处拔尖，当班干部、考满分、评三好生。为了让这些所谓的心愿成真，他们便让孩子提前学习。但他们不明白，通过提前学习所谓的“知道”并不是真正的聪明！提前带孩子去学习，也不是真正的关心！

那么，什么是真正地关心孩子呢？

我认为，首先是尊重孩子。这话说起来似乎挺抽象，是大道理儿，但其实很简单，和我们孩子的学习联系起来，那便是：一年级学习拼音，一开始不会读是正常的，等等他，学校里天天练，老师天天教，一定能学会的；一二年级的孩子应该是不会写作文的（一般而言），看到别家的孩子会写长长的文章，不羡慕，相信自己的孩子多看书以后，到了五六年级一定也写得不会差的；如果自己不是天才，那么，自己的孩子也只是芸芸众生中的普通之一而已，别为了自己的那点虚荣心借着为了孩子的名义而对孩子要求这要求那的。

关心孩子，还得多正面引导。孩子不会时，告诉他：只要努力，一定能学会的，学习的事儿，不着急；陪着孩子多看看书，告诉他，爱看书的孩子才是真正聪明的孩子。

打住，再说下去，便真的是大道理了。与学习拼音这件事也越来越远了。

总之，学习是一件脚踏实地的事情。带着孩子踏踏实实地学习，即便一开始落后了，只要合理引导，也一定能从落后中收获其他的，而这些，说不定能更好地促进孩子将来的学习。所以，只要你对自己的孩子有足够的耐心与信心，又何惧一开始时的落后呢？

入学前的拼音培训班，不上也罢。

（2013 年 6 月）

感受智慧

和朋友聊天时，常常提到关于“聪明”和“智慧”的话题。上周五去嘉兴实验小学考察学习，才让我真正领略了什么是智慧。

智慧无修饰。

那天下午抵达嘉实。接待室为图书室。里面坐着三位老师，似乎等着我们。首先是优秀班主任工作介绍。前两位介绍时，另有一位年近五十的女老师，一直坐在边上。因为上午去的海宁实验小学安排的是高、低段两位班主任作经验分享，所以，我们一行，一直以为坐在旁边的那位穿一件普通素色毛衣的老师是这里的图书管理员。直到她上台讲话。

智慧无形式。

一般而言，眼下，但凡发言，总是PPT相随。是一种方便，更是一种华丽。钱老师在我们暗自的诧异中走上台:“当班主任的,嗓门儿大,我就站着讲吧，话筒也不用了，我也没有PPT。”我们都笑了。当时我们的笑应该是一种友善的笑吧，心想，钱老师年龄也不小了，可能做PPT对她来说新潮了些。但其实根本就不是。

智慧无格式。

“今天我很认真，准备了讲稿。”钱老师拿着讲稿笑着对我们解释。

这当然是大实话，因为他们校长告诉我们，一般情况下钱老师讲话，不讲重复的，不用讲稿。

她的讲话是从朗读一份学生的演讲稿开始的。长长的一篇演讲稿，钱老师完整地读下来。讲稿写得好极了，文笔好，内涵深刻，隐约记得内容是《怀念梳子从发梢滑落的感觉》，一个女孩子写的，用很细腻的文字娓述女孩子特有的细腻情感。每天十分钟的演讲，就是钱老师眼下这届学生的班级文化。钱老师从班级文化入手，她的讲话主题是《班级文化与职业信仰》。一般而言，班主任工作经验介绍，一定会罗列出几条相关工作策略，然后再结合自己工作中的典型事例，然后再升华到师爱啊什么的。但钱老师的讲话，根本听不出这些。信手拈来的班级活动讲述，恰到好处的引用刚刚前一位老师介绍的关于心理诊断的内容，再或者说着说着讲到她对我们余姚的向往。整一个讲话，毫无章法，却让人受益无穷。

智慧有根源。

“什么班级纪律，什么学习态度，我从来不说。”

“所谓的尊重学生，应该尊重生命的本真。孩子处于理智睡眠期，我们不应该强行把他叫醒。”

“一般来说，身体健康的人，他的心理也是比较健康的。一个人若身体不好，他的心理问题也会随之出现。”

“你不要说什么人家美国的课堂开放，我们的课堂太死板。要知道，这开放，是需要有能够收得回来的功底与水平的……”

看似随意的讲话中，钱老师自有自己对班级管理、对教育孩子的理解。听得出来，钱老师在学生心目中是十分有魅力的，以至于她不用说什么，学生都知道该怎么做。她或许确实不在学生那里说教什么，但她一定是做了很多的，也说得不少。当然，“说话”与“说教”完全是两回事，前者是有艺术的。

钱老师讲话中的许多独特观点，让我们感觉到她是一个会思考的人。思考，当然是与阅读密不可分的。接下来他们的张校长在自己的工作交流之前，特地先和我们说了说关于钱老师（当时钱老师已经回办公室了）。听得出来，张校长非常欣赏她。她说：“虽然钱老师的成绩不一定能用条条框框的标准来衡量，虽然她的有些事情看起来比较‘出格’，但她的智慧毋庸置疑。她读的书多，而且精；她会思考，经常写些随笔，十分有深度;她爱好研究植物，多年来一直在这方面不断探索，积累了许多宝贵的资料……”阅读，思考，爱好，坚持，足以成就一个人的智慧。张校长还说，钱老师是个十分随性的人，自己写的东西从不好好收集与保管，现在她负责帮她收集整理，并打算帮她出一本书。

考察回来，我把本次活动报道的题目定为“用智慧衍生智慧，以灵感激发灵感”。我感觉到了智慧，真希望它可以衍生出一些属于我的智慧。

（2013 年 5 月）

用情浇灌真教育

“达善讲坛”又开讲了。当看到通知里的主讲人时，有些期待。毕竟，像我们这样蜗居小镇的凡夫俗子，是很难有机会聆听高端的讲座的。赶紧百度一下，即刻有些失望了，王教授应该是早教方面的专家，网上大多是关于他对0—3岁孩子心理的研究以及亲子教育内容。

在期待与猜测中，很认真地听完了讲座。听起来不错，不过总感觉浮光掠影的一下，可能安排的时间太少了吧。仿佛搬出一张大圆桌，让一个武林高手把它当作舞台来展示武艺，这看的人怎么能过瘾呢？不过在讲座中，还是有些话让我的心灵得到共振。印象最深的就是：“做教师的意义是可以用自己的能力去影响甚至改变一个人。一个教师对学生真正的影响一定是情感上的影响，而不是知识的给予。”

都说“常恨言语浅”。很多时候，我们有这样那样的感觉，却往往无法用语言准确地表达，王教授的上述话语，清晰明了地道出了蛰伏心中多年的感受。这还得从我的小学老师说起。六年级时，我们遇到了一位刚刚毕业的语文老师，他叫钟伟昌。至今都清楚地记得，在语文课上，钟老师教我们怎么样把每个字写得漂亮（当时我们可是六年级了呀）；在下雨天的体育课中，钟老师拎一块小黑板画上格子教我们下围棋；在我们临近毕业时，钟老师亲自组织我们去奉化春游，那是我们第一次走出自己的村子……所以直到现在，二十多年过去了，我们几个同学只要碰面，一定会想起钟老师，念叨他的好。记得我师范刚毕业那会儿，刚好分配到钟老师所在的乡镇（那时他已经调回自己的镇里）。一次碰面，我说我们小学的同学都很记得他，钟老师告诉我说，他也很惦念我们的，因为我们是他的第一届学生。“那个时候我的教学水平一定不如现在，但那个时候我是用我百分百的心来教你们的。现在教着教着，早已没了激情，只是把工作当作程序而已。所以对学生的感情也淡了许多。”钟老师如是告诉我。

一晃自己工作也十多年了，越来越感觉如曾经钟老师所说。我的第一届学生，直到现在还保持联系，我也格外惦念他们。而现在，越教越乏味，和学生间的感情日益淡薄。我们总是归结于现在的孩子越来越自私，不如曾经的孩子淳朴。我也很清楚，要说教育教学水平，刚毕业那会儿，一定是不如现在的，为什么那个时候的学生都惦念着我的好？那只是因为我曾经付出了感情，我也是用百分百的激情和爱对待他们的。人与人之间感情一定是相互的。你付出多少，学生都是能感觉得到的。

王教授在讲座里提到一位老师对孩子的影响时，他讲述了自己的小学老师。他说，那位老师教他的知识并不多，他只是感觉那位老师像妈妈一样，那种情感上的依赖，他刻骨铭心。再想想自己的学生，我总是自以为聪明地概括道：“唉，要是不看成绩，不做作业，每个孩子看起来都是那么天真可爱、讨人喜欢！可是一看到他们的学习，就只剩下怨了……”此刻，王教授的话语让我如醍醐灌顶：如果我只是盯着成绩，根本别想着去影响孩子，我得用自己的感情啊！让每个孩子感觉我喜欢他，我欣赏他，他很可爱，他很聪明，然后让孩子在被接纳被欣赏的愉快心境中学习与成长，各方面都得到发展，这才是真教育啊！

于是很自然地想到，也是在“达善讲坛”上，周彬教授曾经这样说：“当教师对成绩负责时，是关心学习；当教师对情感负责时，是关心学生。”真可谓“英雄所见略同”！也足见教育的真谛只有一个，那便是——真情。

又想到前段时间听李镇西老师的讲座。他说：“带一个班级，一定要有故事，浪漫的故事。”听他的讲座，也只是在听故事，听发生在他和孩子们之间的故事。比如双休日，孩子到他家里包水饺；下雪天，他带孩子们去赏雪景，大家或躺在雪地上排出自己的班级名称，或把他们敬爱的李老师用大雪埋起来；当教育局规定老师不能组织学生去春游时，他就让他的学生组织他去春游，一起骑自行车去郊外拥抱大自然……那么多故事哪里来？心中若有真情在，何愁故事不精彩？

是的，当我们面对鲜活的生命时，千万别只是把他们当作知识的容器，就用我们的真情，感染他们做一个有情有义的人，用我们的爱，教会他们做一个能传递爱的人。用情浇灌，乃是真教育。

（2012年5月）

输入与输出

前一阵子语文课学习《识字 4》:“蜻蜓半空展翅飞，蝴蝶花间捉迷藏。蚯蚓土里造宫殿，蚂蚁地上运食粮。蝌蚪池中游得欢，蜘蛛房前结网忙。”

课的后半部分，开始拓展练习了。我先在大屏幕上打了“蜜蜂”“蚱蜢”“蜥蜴”“螳螂”“蟋蟀”这些词语，首先，引导他们用前半节课刚学的形声字的规律猜一猜这些词语怎么读。然后，让孩子们学着课文的样子说说它们“在哪里”“干什么”。在我的指导下一起完成了“蜜蜂果园把蜜采”一句后，我让孩子们小组讨论，合作编儿歌。

在巡视过程中，我发现不少孩子抓耳挠腮，欲言难出。看着他们兴奋的样子，我知道他们的心里都知道这些小动物会干什么，却不知如何用语言准确地表达,更何况这里的句式要求更高——哪里（两个字）干什么（三个字)。继续观察，走到其中一组孩子前，他们很兴奋 :“蚱蜢草丛学跳高。”哟，真能干！我刚夸完，就有孩子得意地告诉我 :“去年的《日有所诵》里背过的！小蚱蜢，学跳高，一跳跳上狗尾草……”接着旁边几个孩子都一起背了起来……

那一刻，我想起曾经一本育儿书上看到过的，说是孩子一生下来开始，尽管还抱在手里，也要经常地不停地跟他说说话。别看他当时一点没反应，但这些都是“输入”过程。孩子的大脑就好比一盘空白磁带，虽然输入的时候他没有对你反应，但他确确实实地录下了，等到有一天条件成熟了，自然就能播放出来。如果没有当初的录入，哪来后来的输出呢？我们的语文学习不是一样吗？语言的习得本身就是一个积累的过程，只有积累到了一定的量，才有质的飞跃。所谓的“读书破万卷，下笔如有神”说的也是这个意思吧。

现在的课文越来越长，有些是童话故事，让孩子们背，有的家长颇有微词：“这种故事，读懂了还不够吗？何必要背！学语文难道一定要死记硬背吗？”殊不知，我让孩子们背课文，并不是说要他们熟记故事内容，更重要的是积累语言。教材中的课文都是精心挑选过的，除了内容适合孩子们阅读，更有许多优美的语言，规范的句式，巧妙的表达值得学习与积累。

没有“小蚱蜢，学跳高”的积累，就没有课堂上“蚱蜢草丛学跳高”的精彩；同样，没有如今对课文的背诵积累，没有课外读物的填充，就难有几年后的妙笔生花。与其等到高年级时让孩子东学阅读西学写作，不如从现在开始扎扎实实地读一读（有感情地朗读课文）、背一背（课文古诗等）、看一看（课外书）。

（2011年6月）

敢问法布尔，会背唐诗否？

语文学习真的是件很快乐的事，比如今天的语文课堂。

《蟋蟀的住宅》第二自然段的最后一句话是："它的舒服的住宅是自己一点一点挖掘的，从大厅一直到卧室。"课堂上，高添诺提问："钟老师，这里为什么最后还要加上'从大厅一直到卧室'呀？"这是我备课时没有想到的。不过，我即刻意识到这将是一个很不错的课堂生成机会。于是，我把问题抛给孩子们。通过对比朗读，孩子们良好的语感便化作了生动的语言："这样一加让人感觉这住宅很豪华。""加上这一句，看出住宅工程浩大，建造它很不容易。""这样写用了拟人，读起来更加生动。"……再对比读，我们还一起发现，这半句话，与前面的"一点一点"一词是对应的。

更有趣的是后半节课。"让我们一起去瞧瞧那住宅吧！来到门口，给你怎么样的感觉？"其实就是学习第三自然段（蟋蟀住宅的外部特点）。你说我说他说。说着说着，小倪同学笑呵呵地答道："读着这段话，让我想到我们学过的第五课……"看着边说边往前翻书的他，我还真没反应过来第五课是什么内容，"'山重水复疑无路，柳暗花明又一村'的感觉，呵呵……"说到这儿，他自己先笑了。我也笑了，真为他的智慧折服！马上有同学跟上："很隐蔽很幽静的感觉。"对呀，这就是蟋蟀的住宅！于是，我接过话："是的，'山重水复疑无路，柳暗花明蟋蟀家'！只可惜，法布尔去蟋蟀家时，一定不会背这首诗吧！"大家哈哈大笑。

课堂继续着。说到住宅的外部特点，我们一般都概括为四点：有温和的阳光；排水优良；隐蔽；宽敞舒适。文中都有据可循。交流过程中，鲁家毓总结出了第五点：食物充足。哈哈，又是在我的预设之外，看他言之凿凿，我只好把这特点也补上去了。当然，他还说出了"安全"，这个嘛，就归到"隐蔽"这一点里去了。

灵动的思维，奇妙的语言，有趣的课堂，我们一起快乐着……

（2013 年 9 月）

由清淡朴素的课堂说开去

济南育贤小学的两堂语文课很让人震撼。

这种震撼，是从后半节课开始的。

这是两堂集中识字课（一二年级各一）。一开始，看他们一屏一屏地读着生字词语，我甚至想：好枯燥的课堂啊！这样的课堂，学生怎么受得了呢？事实上，一直到下课，孩子们就那样读着，写着。老师的课堂语言极其简单："自己读一读""读给同桌听""一起来读""很好"……而且语调平实、随意。

课堂上，孩子就是读，反复地读，不同方式地读——开小火车读、同桌互读、自由练读、指名领读、分男女生读。老师组织教学的语言不必煽情无需有激情甚至可以没有感情。比如男女生读，我们非得这样说："……接下来，男生和女生比一比，看看谁读得更加响亮（准确）……"读完以后，必须评价语跟进。而在他们的课堂上，老师就是非常轻松地吩咐："开小火车读。""男生读XX，女生读XX，开始。"孩子就是那样认真地、大声地、精神饱满地读着。

两堂课，都给人清淡、朴素的感觉，不由得想到"素色课堂"这个词。

何为"素色课堂"？不是不用课件，不是不提问题，不是单单省却那些繁琐的导入语煽情的过渡语……而是，老师用最简单的方法教他该教的东西，学生能够主动地认真地学习。

反思我们的课堂，总是被学生牵着鼻子走。因为孩子还小，所以必须鼓励，批评不得；因为爱玩是孩子的天性，所以我们必须“寓教于乐”，什么游戏都敢搬进课堂；因为孩子需要被关注，所以我们课堂上不断地去关注孩子……结果，课堂越来越花哨，老师上课越来越累，孩子越来越自我。于是，以下这一幕幕常常上演：

（一）

家长：今天上课你举手了吗？

孩子：举了。可是老师不叫我。

（二）

家长：你上课为什么不认真听讲积极举手发言？

孩子：我举手的，可是老师总是不叫我，所以我不要举了。

（三）

家长：老师，请你多关注我们家XX，上课多叫叫他哦！

（四）

家长：老师，我们家孩子喜欢听好话，要捋顺毛个，你多表扬表扬他哦！

……

其实，怎么可能孩子的每一次举手都被老师点到回答呢？如果孩子学习的动力仅仅是为了获得老师的关注，那注定是要失败的。当然，绝大部分家长都是十分明智的，遇到上述情况时会正面引导孩子。万一遇上个别看待问题不是很客观的家长，便会认为老师偏心什么的。若如此，便是将孩子往阴沟里拉了。

近些天，微博、QQ空间里疯传一篇文章《钱文忠：我不相信教育是快乐的》。是的，我们的教育，岂可一味地迎合孩子的口味？

越来越漂亮的PPT，越来越先进的通讯平台，越来越花哨的激励手段（小红花、大拇指、红卡绿卡、笑脸等等），越来越关心孩子的家长，至于老师们，特别是低年级的老师，更是在课堂上使出浑身解数来吸引孩子们的注意力……结果呢，孩子越来越重口味，越来越浮躁，越来越让我们老师和家长没辙。殊不知，知识应该就是白米饭，应该让学生闻着它们的香味自己追逐而来；而不是我们将这白米饭加工成花色点心，一个劲儿地塞呀喂呀，而他们却像个厌食的孩子。

想到《家校联系册》，我刚上班那会儿，孩子们回家作业是什么从来不用写，都是老师说一遍后记在脑子里便整好书包回家了。除了特别懒的个别学生，其他孩子都能按时完成并上交作业。现在呢，既是联系册，又是校读通，再加上家长监督，还是有很多孩子丢三落四。所以，我一直以为，《家校联系册》、校讯通这一类辅助品，看似在帮助我们，同时也在害我们。

如果我们能让我们的孩子明白并做到：既然成为了学生，就应该无条件地遵守纪律，上课时，必须大声读，认真听，不为老师的表扬而学。这才是成功的教育吧。

（2013年2月）

教学相长

五上第一组课文是关于读书的，所以单元习作也是。关于读书的故事在学完《窃读记》后已经有过一次小练笔了。单元习作怎么办呢？于是，在班级进行了一次小型的读书访谈会，邀请相对阅读量较大的几位同学接受“小记者们”的采访。活动进行得很顺利。然后便是作文。要求：可以是记叙文，可以整理成访谈录，也可以……我在黑板上写下省略号，告诉他们，欢迎创新。

给孩子们一方天空，总能收获几多惊喜。且不说访谈会上小谢的那个比喻：“书对我来说，就像水对鱼一样。”上次写过文言文惹诸多网友难以置信的小魏再次出手：

论书

何为书？刘氏曰:“书犹药也，善读之可以医愚。”书可学，书可遣，书犹善之。

书犹水。化溪，巧妙灵活；化湖，优美静谧；化江，汹涌澎湃。书以贞为志，书以博为美。

吾于书之善读，废寝忘食矣。犹记吾年幼之时，手不释卷，心已入书。以至吾父绕至身后而不晓也。

吾友谢氏恋读。其于书如鱼于水；其于书如鸟于林；其于书如沙于漠；其于书如水于洋……

陈寿曾曰："一日无书，百事荒芜。"吾一日无书，即为落寞。书如挚友，无书在旁，何以做百事？

当堂完成，估计花了15分钟的时间，其内容均来自本单元的积累和刚刚完成的访谈。我正想着如何给予评价，小魏向我开口了："钟老师，你能不能也写一篇啊？"天哪，那一刻，我真想说，小魏同学，韩愈曾说过的：弟子不必不如师，师不必贤于弟子！可再一想，无论从"术业是否专攻""闻道如何先后"来说，似乎都不能成为理由啊。于是，就硬着头皮上吧。下半节课，他们继续写，我也和他们一起写：

论读书

今日论读书。一儿问曰："如何读书以事半而功倍？"毓曰："阅纲，而后速读之。"翊曰："文《走遍天下书为侣》已详述之。"予急而辩之："读书乃人生之乐事，悦其中，何求事半功倍？"正如煊曰："郁时，择漫画而赏之；悦时，取小说而读之。"更有谢小儿语惊："书于吾，如鱼于水也！"皆叹服。

吾愿群儿以书为友，以书为乐，善哉！

完了一看，似乎还像那么回事呢！

好歹，我也在学生的逼迫下完成了我的文言文处女作。这真是教学相长啊！

（2014年2月）

隔夜的手抄报

正学“走近名著”这一单元。双休日的作业，本打算让他们搜集四大名著的相关资料。可光是搜集，怕资料们偷懒，直接从电脑娘肚子里一骨碌溜到纸上，而忘记去孩子们的脑袋里兜一圈。于是，又想着让他们把资料整合后写到小练笔的本子上。可是这样的作业，似乎无趣了些。于是，便让孩子们编份小报。为了提高小报的质量，略去了其他所有作业，包括周记。

周一查看手抄报，那个失望，无以言表。我粗略地一看，大部分的手抄小报都患病不浅——有半边空着半边挤着的“偏瘫症”，有上边空着下边满满的“侏儒症”，有四周边上挤得满满的让人喘不过气儿来的“哮喘症”，有只有文字没有图画的“抑郁症”，更有东一块西一块零散躺着的“瘫痪症”……要说比较入眼的，也就小潘同学的一张。

于是，给每份手抄报批阅上等第后，便到教室点评，给全班同学一个总分 70 分。然后又给他们加了 10 分的态度分——资料的收集、抄写基本还是认真的。就是排版实在是太没有艺术感了！

一张张地点评，基本是批评。这里太散，那里太挤；这张太空，那张太满；有的太素，有的太艳……最后，带着他们去楼上参观了 504 班展出着的手抄报。或许是孩子们把我的不满意带回家了吧。今天，一家长跟我聊天，说起孩子的手抄报，说是花了好长时间的，内容的选择也是经过思考的。这一点我承认，孩子们的态度还是很端正的。于是今天空课里，我又一次重新审视这些手抄报。细细品味，还真的发现其中蕴藏着孩子们的不少心思和智慧——

就说小倪这一张吧，乍一看，散散的，又有些零乱。仔细看，那标题的空心字，是颇有难度的。由此可窥孩子的细心和智慧。再看那四个版块，全是原创，《三国演义》的内容，写在“三国鼎立”的地图上；《水浒传》的内容，写在一座城门上；《西游记》的内容，自然是在孙大圣腾云驾雾的云朵之上；而《红楼梦》相关知识的简介，一定是放在“大观园”的背景之中了。这样的原创背景，换作是我自己，又如何能做到？

再来看看小鲁同学的这张，内容的选择是相当丰富的：“名著简介”“名著中的歇后语”“经典故事”，还有“知识大问答”，看那问答题的设计，答案在后面倒着注明了。这些，哪一点不是孩子智慧的体现呢？

话说小徐这一张，乍一看，是不是觉得自己手捧竹简？孩子就是为了体现古典著作的古韵，才特意如此安排。每一块内容的书写，也是仿照古人的书写方式——从右到左竖着排版。内容的安排从上到下依次为“作品简介”“典型人物”和“经典故事”。材料充实，特色鲜明，可是昨天，我却给评了个“良”。

还有小周的作业，粗略估计一下，这些材料光是抄一下，大概也需要几个小时吧。昨天初看，我只是肯定了他的态度。而今天细看，发现那些小标题还真有意思:“人物风云榜”“作者考证”“名著故事会”“名著名片”。当然，小报的名称也不错啊 :“四大名著那些事儿”。

隔了夜的手抄报，重新焕发出智慧的点点星光。昨天的我，或许是被浮躁的春光蒙敝了双眼，或许是被杂事的雾霾挡住了视线。一夜的沉静，重新回过头来看，或许是因为角度不同，或许是因为心境变化，我又看到了事物的另一个侧面。

于是，很自然地想起一个很经典的故事。说是一个小女孩手里有两个苹果，妈妈说给她吃一个。小女孩听完后拿两个苹果各咬一口。妈妈很伤心，想着孩子真自私。不料孩子却递上其中的一个苹果说:“妈妈，给你！我是尝尝哪个更甜，选出甜的一个给妈妈。”

别急着批评孩子，耐下心来先听听孩子的解释。做妈妈应该如此，做老师又何尝不是？记得有一回，二年级的他在课堂作业本里用“希望”写句子时，写了“我希望妈妈有个帅气的男朋友”，当时我很生气，觉得孩子太荒唐了。但当我了解情况后，剩下的便只有感动了。

所以，当我们看到一篇奇葩文章的时候，当我们看到一个另类作业的时候，当我们听到一句反常话语的时候，当我们观察到一个特殊表情的时候……都记着，不要急着去批评孩子，换个角度想想，或者先放下这件事，等自己换个心境再来看，或许，我们就不会那样生气了，甚至，还能发现一些惊喜呢。

（2015 年 4 月）

我非“刷子李”，岂可穿黑衣

冯骥才笔下的俗世奇人“刷子李”，虽说只是天津卫码头的一凡夫俗子，却有着奇妙绝活。他刷浆时动作娴熟，且刷墙时必穿一身黑衣，刷完墙的屋子，“什么都不用放，单坐着，就如同升天一般美”，更绝的是，身上绝不会有一个白点。

上学期，我在教研组活动中执教了这一篇《刷子李》。回顾上课的过程，我觉得自己就像一位蹩脚的粉刷匠，却学着刷墙高手“刷子李”在刷墙时穿了一身黑衣，结果，自然沾得一身白浆。那黑衣白点，清晰如昨……

我的那身“黑衣”，缘自我心目的中那位“刷子李”——虞大明老师。《景阳冈》里的“说书”、《五彩池》中的“写广告词”、《庐山云雾》中的“风光解说词”……这些经典阅读教学课中所运用的“设置大任务”的做法给我留下了深刻的印象：一堂课完成一个任务——简洁、大气；学生在完成该任务的过程中不知不觉地通过听说读写完成了阅读教学内容的学习——新颖、巧妙，真是“简”如三秋树，“新”似二月花！

与每一次上公开课一样，准备《刷子李》一课时，我为教学设计苦思冥想着。凑巧的是，就在“昨夜西风凋碧树，独上高楼，望尽天涯路”的痛苦与迷茫中，我在一份试卷的阅读题上偶然发现了“写颁奖词”

的题目。对呀，我何不也尝试给我的阅读教学穿上一件漂亮的外衣？于是，我打算为整篇课文的教学设置“写颁奖词”的大任务，试图让学生在这一任务的驱动下完成对整篇课文的学习。为了更好地完成教学任务，我在讲评这一份试卷时特意花大力气讲了颁奖词，并通过自己范写、让学生写、讲评等给了学生充分学习与练习的机会。

有了如上准备之后，我满怀信心地设计了我的教学流程：导入新课、布置任务（写颁奖词）——> 初读课文、填写颁奖词（抓住人物主要特点）——> 研读课文、修改颁奖词（抓住细节描写）——> 延伸拓展。为了体现教学过程的梯度，我先在初读步骤中设计了这样一张表格：“他是一位普通的手艺人，但他的手艺却不普通。他刷墙时（　　　　）。一身黑衣郑重其事地述说着他是一个（　　　　）的手艺人；一面面白墙，又向世人证明：他无愧于‘（　　　　）’这一称号。”这样的设计旨在让学生直观感受颁奖词的写法，并借此完成对初读课文的检测。进而，我又借助刘翔的颁奖词向学生指出，一份能打动人心的颁奖词，应抓住细节来写，而抓住细节描写体会人物特点恰恰也是本篇课文的教学重点。在研读了课文的细节描写后，再让学生独立完成一份颁奖词。然而一节课下来，大部分学生最后完成的颁奖词与第一次的填空几乎如出一辙！无需谁来点评，学生如此“作品”是对我这堂课的最好评价。课后，组长的一句“是不是一定要用这种形式才能达到这一目的呢？”问得我哑口无言。是呀，如果去掉这件看似漂亮的外衣，我的教学活动是不是会更加简洁高效呢？

“设置大任务”这件阅读教学的外衣，在“教书虞”的课堂上就像那“刷子李”身上的黑衣，尽显其超凡水平；而到了我的课堂上，那件黑衣似乎被曹小三穿了。是衣服出了问题吗？显然不是。那黑衣上斑斑驳驳的白点正悄悄将理由书写：

第一，名师设计不可盲目学。课堂教学是一项复杂的工程，不说每位教师对教材的解读深浅不一，不说教师本身语文功底、对教学的驾驭能力差距有多大，光是学生语文素质的差异性、课堂生成的多样性就足以挑战课堂上教师对自己教学设计的把握、应变能力。只有真正源于自己的思想与思考的教学设计，才能在教学时以不变应万变，成功驾驭课堂。一旦超出这个范围，就会出现为了完成教学设计而教，在课堂上过于关注自己的设计而忽略了学生的学。

第二，要学内功而非“穿着”。名师的课堂如一幅画，赏心悦目，然而我们在欣赏的同时，更应该想想作画时的艰辛和那“十年磨一剑”的积累过程。虞大明老师自己的诗句足以说明一切：“都说他在课堂上是多么挥洒自如，但你可曾看到，多少个夜晚，他对着镜子操练时汗水的流淌？……”决定一堂课成功的，决非源自标新立异的形式，更需要教师深厚的教学功底、对教材内容的深入解读与独特理解，那是多少年“衣带渐宽终不悔，为伊消得人憔悴”的积累啊！这才是我们真正要学习的。

“刷子李”的不凡身手，用一身庄严的黑衣来宣告，却不是因为那黑衣;“教书虞”的挥洒自如，用出奇的设计来展示，却不是因为那设计。

我非“刷子李”，岂可盲目穿“黑衣”？

“与其临渊羡鱼，不如退而结网”，就让我们静下心来，练就坚实的基本功，然后饱蘸新理念的粉浆，用自己最擅长的手法，刷出属于自己的一方天空。

（2009年10月）

“喝酒”乎？“饱肚”邪？

“课改代有新篇出，独领风骚数十年”，这就是课文《景阳冈》。它借助名著的光华，凭借精彩的故事情节及丰满的人物形象，像一位睿智的老人，屹立在轰轰烈烈的课改大潮中，其魅力不言而喻。

由于长期教高段，我很多次上过这篇课文，在第一课时中，无外乎初读课文，理清课文思路。这篇文章按照事情发展的先后顺序可以分成“喝酒—上冈—打虎—下冈”四个部分。今天的语文课，我照例这样上着：

师：初读了课文，如果不用地名“景阳冈”作题目，还可以怎么拟题？

生：武松打虎。

（绝大部分学生表示同意）

师：是的，赤手空拳打死老虎，这几乎成了武松的招牌。然而，仔细读课文你会发现，文章并非所有的笔墨都在写“打虎”，那么，除了“打虎”，作者还写了些什么呢？

（学生先后找出了“上冈”“下冈”。）

师：上冈前，武松还做了什么？请用一个词语来概括。

生1：喝酒。

…………

就在我自认为“课遂吾愿”，要转身在黑板上写下“喝酒”一词时，另一学生脱口而出：“不对！是吃饭！”我一愣——一种灵感告诉我：好机会来了！因为“喝酒”这一环节是武松性格豪放的集中体现，而塑造个性鲜明的人物形象又是小说的一个重要要素。于是，我先不动声色地在黑板上写下“喝酒”一词，并在后面打了个大大的问号，引导学生展开讨论。

此时的课堂，已是“一石激起千层浪”了：

“明明是吃牛肉嘛，应该是‘饱肚’！”一生补充道。不少学生附合赞同。

“‘吃饭’吧，因为喝酒是吃饭时顺带的。我爸每天吃饭时都喝酒的。”好家伙，把家事都搬出来了。

“我觉得应该是‘喝酒’，因为课文第二自然段明明写着：‘主人家，快拿酒来吃’。”我肯定了这位同学从文中找依据的读书方法。

接着，有更多的同学结合课文内容谈了对这个小标题的看法。

“课文不是说‘武松走得肚中饥渴’吗？不吃饭光喝酒怎么能填饱肚子呢？我看应该是‘用餐’，既喝酒又吃饭。”

“我觉得是‘喝酒’，不喝酒武松怎么可能和店家争执呢？”

…………

结合课文内容，越来越多的学生认定是“喝酒”而非“饱肚”“吃饭”。大家的理由都很充分，有的同学甚至找出了第四自然段中的“武松前后共吃了十八碗”与第八自然段中的“武松走了一程，酒力发作”

及第九自然段中“武松吃那一惊，酒都变做冷汗出了”是前后呼应，觉得“喝酒”与“打虎”有着密切的关系。

课上到这里，学生自己提出的问题“喝酒”还是“饱肚”应该在他们自己的辩解中明了了。我擦去了黑板上的问号，但心里总觉得少了些什么。作为五下的学生，是不是应该对文本、对小说有更深一层的理解呢？为什么用“喝酒”作小标题，仅仅是因为故事内容吗？当然不是。小说是以叙述描写为主要手段，通过艺术概括以塑造人物形象，从而反映生活，表现主题的一种文学样式。我们也可以这样理解，小说中的情节，是为塑造性格服务的。武松饥渴，自然要“饱肚”，但若他与我们一样吃饭饱肚，那武松就不是武松了，至少不是施耐庵笔下的武松了。

于是在接下来的环节中，我继续带领学生“喝酒”：“同学们，你们觉得作者施耐庵把武松喝酒吃肉填饱肚子写得如此具体，是仅仅要告诉我们，武松他很喜欢喝酒吗？”五年级的学生，这点理解能力还是有的。于是我引导学生再次走进课文，结合文中武松的形象谈谈自己的看法。这下，学生的理解深刻了许多。

一位学生说：“课文中的武松是很豪爽又勇敢的，作家写他喝酒也是为了说明这一点。”

又一位学生分析道：“武松喝了十八碗酒后坚持上冈，看出他的豪放与勇敢，是写他打虎的伏笔。”

如此“喝酒”，那才叫酣畅淋漓！武松十八大碗的酒香，已从文字中飘散，弥漫在教室中了。

接着，我又简单地向学生介绍了小说的特点，并以水浒、三国中的典型人物为例帮助他们理解小说中的人物形象。

课结束了，关于“喝酒”与“饱肚”的讨论也画上圆满的句号了，我的思考继续着。我试图把它与最新的语文教学理念套近乎。课堂的生成？文本的细读？教师、学生、文本之间的平等对话？……似乎都有点儿，但似乎又都不是，因为理念是用来指导实践的呀，我在上课前备课时丝毫没想过这些。所以，我只能讲述我的教学过程，分析最具体的问题——“喝酒乎？饱肚邪？”

（2009年4月）

繁华落尽见真淳

——《普罗米修斯》赏析

新教材的课文与老教材的相比，有着更浓郁的人文气息；新课程改革越来越重视学生对语言文字的理解与感悟；学生的主体地位日渐被强调着；多媒体的课件愈来愈吸引着大家的眼球；……以上这些，都让语文学科的人文性春光占尽、工具性大打折扣。

一位专家曾这样谈道："对于南方人而言，语文教学更应凸显它的工具性。因为普通话是以北方方言为基础的。"是的，语文理应姓"语"，语文课堂应该透着浓浓的语文味。近日，在市第四届语文阅读教学活动中，徐华军老师的一堂《普罗米修斯》，以其虽丰富却凝练的语言、看似朴实却巧妙的设计、扎实有效的语言训练，征服了所有的听课老师。由此，也让我们看到了繁华落尽之后的本真语文，本真课堂。

一、导入——选取文言文，相得益彰

课始，徐老师先出示了一段文言文："食草木之食，鸟兽之肉，饮其血，茹其毛。"让学生读后，教师在解释大意的基础上概括出一个成语："茹毛饮血"。对于整堂课来说，这既是一处情感的铺垫，让学生在文字中初步感受古人茹毛饮血的粗野生活，进而体会到火的重要性。同时，"茹毛饮血"一词的出现也为接下来"没有火的日子人们会遇到哪些困难”及“普罗米修斯看到这些会怎么想”的说话练习打下了伏笔。

《课程标准》指出，“教师是学习活动的组织者和引导者。”如何引导学生走进文本、更好地感受文本，这是教师备课过程中首先应该想到的。在以上教学环节中，徐老师通过这段文言文，不仅将学生带入了一个没有火的“悲惨世界”，以引出本文的主人公普罗米修斯，更重要的是，这一环节中无论是文言文的朗读还是“茹毛饮血”一词的积累，都立足于语言文字的训练，是一个让学生感受、理解、欣赏与积累语言文字的过程，真可谓于细节处见真淳。

二、初读——听说读写，扎实有效

初读环节中，徐老师在让学生明确要求自读课文后进行的检查反馈中，充分考虑并准确把握了学生的学习特点，真正做到了“以学生为中心”与“为学生服务”。

首先，词语分类出示。徐老师在自学反馈中第一组出示的词语是字音容易读错、字形容易写错的，如“饶恕”“双膝”等，并随机指导了“膝”的书写。第二组出示的是神的名字：“普罗米修斯”“太阳神”、“众神的领袖宙斯”及“大力神赫拉克勒斯”。这些神的名字特别难读，徐老师专门指导朗读，如后三个名词是由“神的名称”和“名字”两部分组成，读的时候可以在两部分中间稍作停顿，还给了学生充分的时间进行朗读练习。

其次，概括内容有铺垫。新课程强调学生对文章的整体感知与朗读感悟，对于文章结构层次的划分及主要内容的概括已逐渐淡化；同时，四年级学生正处于由形象思维向抽象思维的过渡时期，概括故事的主要内容对他们来说是个难点，学生不是觉得无从着手便是罗罗嗦嗦地说上一大通。在本堂课的教学中，徐老师紧接着“朗读第二组词语”这一环节，先让学生说说这四个神之间发生了什么事，然后出示一幅示意图，大大降低了概括的难度，让学生处于一种“跳一跳，能摘到”的心理状态，自然而然地提高了语言训练的有效性。

三、研读——朗读感悟，层层深入

研读部分是一堂课的重头戏，更是一堂课的精华所在。徐老师的课堂，没有令人眼花缭乱的课件，没有繁琐复杂的分析，更没有看似热闹的讨论与表演，有的只是真情的感悟、深情的朗读，在想像说话中感悟，在深刻感悟中朗读，在深情朗读中升华！

师：普罗米修斯为什么要拿取火种？出示句子：“很久很久以前，……”

师：没有火的日子，人们还会遇到哪些困难？（帮助积累词语：饥寒交迫、惊恐不安、疾病困扰……）

师：普罗米修斯看到这些会怎么想呢？出示填空：

普罗米修斯想：没有火，人们（　　）；没有火，人们（　　）；没有火，人们（　　）。这样的生活是（　　）的。

“水本无华，相荡而成涟漪，石本无火，相击而发灵光。”在走进课文重点部分之前，先让学生走进主人公的心里。这一说话练习，叩开的是学生情感的大门，为下文的体会普罗米修斯的伟大精神作了充分的铺垫。

接下来，徐老师带领学生用“初读感知——说话感悟——朗读提升”的方法，层层深入地学习了普罗米修斯遭到的那些惩罚，使普罗米修斯的形象在学生的脑海中逐渐丰满、高大。当课末徐老师出示普罗米修斯的赞歌时，学生的情感也达到了高潮。

纷繁的设计、精美的课件或许能使一堂课金碧辉煌，然而，简约、扎实更是课堂教学永恒的主题。特级教师方利民在课后的讲座中提到，“本真语文是学习语言之语文，本真语文是简单扎实之语文”。“学习语言”是每一堂语文课的任务，“简单扎实”是语文教学的最高境界。要在“简单”中求扎实，需要的是语文教师在课前有不简单的准备。徐华军老师的《普罗米修斯》，正是“一语天然万古新，豪华落尽见真淳”的典范。

（2009 年 8 月）

“喜欢”，让我欢喜让我忧

在新课标倡导的以人为本、尊重学生个性的新理念下，听课时听到最多的一个词就是“喜欢”，诸如“你最喜欢哪句话（哪一段）？”“把你最喜欢的一个句子（一段话）多读几遍。”“请你用自己喜欢的方式来读”等等。

的确，随着新课程应运而生的“‘喜欢’式教学”在一定程度上改变了学生被老师牵着鼻子走的僵硬课堂模式，在激发学生的学习兴趣方面也起到了积极作用。孔子说：“知之者不如好之者，好之者不如乐之者”，让学生在喜欢的心理状态下学习，效率自然事半功倍。这些正面效应在各教学类杂志上比比皆是。从理论上来说，这样的“喜欢”谁不喜欢？然而，当越来越多的展示课上出现越来越多的“喜欢”时，我却怎么也喜欢不起来——

一、为什么喜欢？

案例1：

（初读课文这一环节）

师：现在请大家自由朗读课文，你喜欢哪一段就把哪一段多读几遍。

（生读）

师：谁来读读你喜欢的段落？

（结果举手被指名读的学生都选了有对话且较短的那一段。）师：还有同学喜欢其他段落的吗？

（几个比较“懂老师的心”的学生陆续举手把没读过的段落读完了。）

面对这样的教学环节，我不禁要问：学生为什么喜欢？一篇文章，本来就是一件完美的艺术品，需要教师带着学生一步一步地走近它，了解它，读懂它，读透它。当然，每篇文章也有其自身的亮点，一首古诗里都有名句呢，可这是学生在初读课文时就能感受得到的吗？“试玉要烧三日满，辨材须待七年期。”喜欢课文能够“一见钟情”？或许，在基础好的班级里，还真有几个同学能说出自己喜欢的理由，但也只是少数呀，要知道，我们的素质教育是面向全体的。

在上述的教学环节中，教师无非就是带着学生完成“自由朗读—指名轮读”，如此简单且几乎每堂课都要用的环节，却偏偏让“喜欢”给折腾得复复杂杂的。“新课程新理念的落实不是‘贴标签’。”这是省教研员滕春友老师在《怎样上好语文课》的报告中的话，我想，用在这里再也合适不过了。

二、“我喜欢”=“都喜欢”？

案例 2：

《四季》（人教版新教材第一册）

师：你喜欢哪个季节？

生 1：我喜欢冬天。

师：好，我们一起来学习描写冬天的段落。

（课件出示“冬”的段落，开始学习。）

（接下来，教师又根据学生的“喜欢”，依次学习其他段落。）

这是一个典型的“甲说喜欢A,一起来学A;乙说喜欢B,一起来学B”的教学环节。打着“以人为本，尊重学生个性”旗号的执教者们，请问，你们最尊重学生个性，可你们到底尊重谁了？甲的观点能代表全班学生的观点吗？你尊重了“甲”一个学生,至多尊重的“甲们”几个学生，那更多学生的个性又谈何尊重？古人且懂“世事古难全”，我们岂能一味地让“喜欢”满课堂飞？

在这样的教学环节中，“喜欢”只是借口，只是工具；教学过程的导入、过渡等环节可以有更简洁、更高效、更吸引学生的方式，何必非戴上“喜欢”的枷锁？

三、不喜欢就能不学吗？

有喜欢，当然还有不喜欢。在每一次听“‘喜欢’式教学”的课时，我总要想:照他们的逻辑，学生若不喜欢，是否就不用学了，否则，便是不尊重学生个性了。可是，教材中的课文，哪一篇不是专家教授精心挑选？小学生贫乏的生活经验、有限的认知水平以及该年龄段特有的心理特征，都在很大程度上影响着他们对教材的评价。因此，作为教师，不能一味地顺着学生的“喜欢”来安排自己的教学活动，更重要的是要引导学生去喜欢每一篇文章。同样，一篇文章作为一个整体，也不能因为学生的“喜欢”而割裂成“美丽的手”、“漂亮的眼睛”……

一位哲学家说："手离开了身体就不再是手了。"在新课程的理念下，我们更应该引导学生去整体感悟文章的美，语文的美，进而提高学生的语文素养。我想，这也应该是教学改革者们提出课改的初衷。

新的课程标准是盏灯，它指引着教学改革的方向。但它只是一盏油灯——需要我们不断地拨灯芯和加油，即读懂新课标、读透新课标、领会它的精神。只有这样，才能让我们的课程改革前途光明，让"'喜欢'式教学"人人喜欢。

（2009年8月）

登峨峨泰山，赏洋洋江河

（“学理语文”论坛发言稿）

三天半的学习，三次遇见《伯牙绝弦》，所以总结学习心得，便很自然地想到了该文中的“峨峨兮若泰山，洋洋兮若江河。”我们的语文教学，我们的课堂，我们语文老师，应该既有泰山峨峨之高度，又有江河洋洋之广度。

初见《伯牙绝弦》是季科平老师的课堂。

二见《伯牙绝弦》是下午茶歇时在图书室，我正忙着借用电脑准备第二天的课文纸，无意间听当天上午上课的黄吉鸿老师在向汪潮教授汇报刚刚结束的《伯牙绝弦》一课，说是少了文化的东西。黄老师主张要教学生所不知道的。接着，他讲到了泰山、黄河的意象。在学生拓展练说了“善哉……”的两个句式之后，老师应该抛出这样一个问题：“既然有那么多的美景，为什么作者只写了泰山和黄河？”我也上过这篇课文，也从来没有想到过这个问题。这个问题太有价值了！那一刻，我如醍醐灌顶。是啊，所谓的文化内涵，不是老师刻意地强加给学生的，而是在学生的学习过程中设置学习矛盾冲突，再巧妙地借此化解。这个课堂中，如果有了这个问题，老师可以很自然地告诉学生泰山与黄河在文化层面的意义，借助学生已有知识，如“三万里河东入海，五千仞岳上摩天”“会当凌绝顶，一览众山小”等，让学生受到祖国传统文化的熏陶。大师驾到,听他们闲谈便是一种学习,真好!

三见《伯牙绝弦》，自然是在罗才军老师《问道语文》的讲座上。听罗老师的讲座，感觉自己补上了一堂文学素养课。其间，他也举到子期伯牙的例子。伯牙绝弦，究竟意味着什么？古琴是中国传统文化最重要的组成部分，如同唐诗宋词，长城黄河；古琴是中国古代文化地位最崇高的乐器，有“左琴右书”之说；古琴位列中国传统文化四艺“琴棋书画”之首，被文人视为高雅的代表；“士无故不撤琴瑟”一说更是体现了古琴对于伯牙的特殊含义——绝弦堪比绝命啊！有了这样的文化铺垫，再让学生来回味伯牙的绝弦，学生对于“知音”一词的理解定会更加深刻。

三天半的学习，收获当然不仅仅只是三见“高山流水”。茉莉老师、大明老师们的课堂智慧，让我们叹服。那么，除了欣赏，我们还可以做些什么呢？当然是学习。学习什么？学习大师们刻苦钻研的精神，学习大师们广博深厚的文化知识，学习大师们立足教材、以生为本的教学方法等等，这些我们都懂，无需赘述。但是我认为，学习之余，我们更应该学会思考，懂得语文教学的本位，结合自身特点找寻适合自己的语文教学之路。

一、登峨峨泰山，方览众山小

语文课到底要怎么上？如果你很好学，便觉“乱花渐欲迷人眼”。

这方唱罢“诗意语文”那方又登“童真语文”；彼时“感悟体验”

才落幕，此时“语言训练”又登场;才说要把《课堂作业本》挤进课堂，《课堂作业本》们刚刚兴致勃勃地梳洗完毕整装待发，又被“小组合作”的学习单挤进了尴尬的角落……于是，想到了《岔路失羊》这个故事：

扬子的邻居跑丢了一只羊。这个邻居把他的亲友都找来，又请扬子家里的人一起去追羊。

扬子说：“丢了一只羊，为什么这么多人去追？”

邻居说：“因为岔路多。”说完，他也急忙追羊去了。

过了一会儿，那些追羊的人都回来了，扬子问他们：“追着羊了吗？”

邻居说：“岔路本来就多，每条岔路之中又有岔路，我们不知从哪条路上去追，所以就都回来了。”

扬子听到这个情况，闷闷不乐，整天不说一句话。他的学生很奇怪，就问他：“一只羊不值几个钱，又不是老师您的，为什么您这么不高兴呢？”

扬子说：“我哪里是为了这只羊啊！我是因为这件事想到了我们求学。如果我们求学的人不肯专一，老是东一榔，西一棒槌的，不也像岔路上找不到羊一样么？”

找羊如此，求学如此，教学不也如此吗？语文教学岂可做“墙头草”？思来想去，还是屈原他老人家说得好：“路漫漫其修远兮，吾将上下而求索！”注意，是“上下”求索，而非“左右”求索！唯上下求索，螺旋上升，方可登顶。纵观三天半的学习，之所以感到精彩，正是因为执教者们已凌泰山之顶。无论是课堂还是讲座，传递的是他们“腹有诗书气自华”的自信，是专属于他们的思想和智慧。

因此，从教十几年来，我始终坚信，语文教学，只有当自己的学识登上了山顶，方可一览众山小，信手拈来地教学。所以，除了看书，我从来都是理性地看待教学改革，决不盲从。“千改万革还坚劲，任尔东西南北风”。努力做一个有学识的语文老师，那么，用什么方法都是可以驾驭课堂的。这样做未必能成名成家，但至少也是不会误人子弟的。

二、赏洋洋江河，方见活水来

都说数学教学是清清爽爽一条线，语文教学则是模模糊糊一大片。如何让这“混混沌沌的一大片”，成为“洋洋洒洒的一大篇”，便是我们语文老师的职责。

首先，自己做个能赏洋洋江河的人。如何赏洋洋江河，自然是阅读，学习。略过。

其次，是带领学生做个能赏洋洋江河的人。语文教学，绝不可以只是教语文书。在眼下电子产品泛滥、人心日益浮躁的年代，如何将学生领到书中去，带到文字中去？这绝不是“要多看课外书”“要多看课外书”地教育出来的。当然，也不全靠我们老师的努力。那我们至少在课堂上做到的是，有限地拓展。《同步阅读》便是很好的教材，我们可以在教学中将它移入课堂，另外虞大明老师提到的群文阅读便是很实用的策略。

所谓见多识广，只有大量的阅读，才能真正提高学生的语文素养，才能开拓学生的视野，才能发展学生的思维。老师教得再好，也没有学生一头扎进文字中从经典文学著作汲取知识那样有效与高效。所以，作为语文老师，我们要帮助学生打开语文的门，点亮文学的灯，告诉他们："看，多么辽阔，多么壮美！我们一起上路吧！"然后，和孩子一起享受阅读的快乐，和孩子们一起享受表达的畅快。

"诗意语文"也好,"和美语文"也罢;"体验感悟"也好,"小组合作"也罢……这些，无非是扣在语文教学头上的漂亮帽子。对于耕耘在杂草丛生的荒地里的我们来说，很多时候，不妨摘下这些漂亮的帽子。日常的语文教学，不需要"日出江花红胜火"的绚烂，也不需要"高山流水觅知音"的精妙。我只想心无旁骛地和孩子们一起徜徉文字之中，与最自然的清风流水相和，陪伴他们"傍着桑阴学种瓜"，领着他们来到泰山脚下，赏泰山之峨峨，燃登山之欲望。再然后，期待他们长大之后能登上峨峨泰山，共赏洋洋江河。

（2014年11月）

绿色，需要根植

前些日子的母亲节，恰逢路上有卖花的，便买了一盆茉莉送给母亲。花虽然不大，却也枝繁叶茂，还长满了狭长椭圆的白色花骨朵。前两天，母亲遗憾地告诉我，花快死了。原因是根部泥土不够，花盆里上面一层的泥土只是装装样子的，下面都是枯草之类。

看着母亲重新培土拯救，我想到了教学，想到了钟启泉教授报告中的一句话："课堂革命，要从自上而下的顶层设计，逐渐走向自下而上的课堂创造。"养花如此，教学亦如此。

绿色，是个很美好的词。自然的，健康的，美丽的，茁壮的，充满生命力的……如果我们的课堂真的是绿色的，那么，必须还有一点，孩子们是快乐的。畅游在一片绿意之中，如何不快乐？

绿色的语文课堂，应该是快乐的课堂。

探求新知，本是孩子的天性。在探求中获取知识，自然是快乐的。所以，我们的课堂，必须是孩子自主探究的过程。让孩子想学，主动地学，有成效地学。那么作为老师，首先就得站在学生的角度，了解他们需要什么，喜欢什么样的方法，怎样在学习过程中有所收获。周一贯老师在"千课万人"的课堂点评中说："如果我们的课堂太像上课，智慧之花何以竞相开放？"快乐地学，学得快乐，这是绿色课堂之土壤。

只有肥沃的土壤，才能孕育浓密的绿荫。

绿色的语文课堂，应该是学生的课堂。

学生是学习的主人。这话耳熟能详，却也经常只停留在耳边，浮夸之风一吹，挂着改革名义的浪潮一掀，便寻不着影儿了。无论是对教材的解读还是教学过程的设计，我们或者中规中矩参照《教参》，只知其然而不知其所以然，或者创新解读以体现自己的深刻见地或创新求异，却很少去关注孩子真正需要的是什么，真正能接受的是什么。

记得两年前的一次说课竞赛中，我准备的是《金色的脚印》。经过反复研读，我理出了主人公正太郎心情变化的一条线，然后依着这条线展开教学。说课比赛成绩不错。我也一直欣赏自己的这一次设计。这学期初，我把这一设计推荐给同事上录像课，可是几次试下来，课堂教学效果并不好。按理说，以同事良好的素质及高超的教学能力，不应该出现这样的结果。困惑中，听吴忠豪老师在《转型期语文课程改革的走向》的报告中说："老师解读的阅读方法并不是学生的阅读方法，比如抓心理活动主线……"方如醍醐灌顶！绿色课堂所焕发的生命之绿，是来自学生这植株本身。

绿色的语文课堂，应该是有思想的课堂。

有思想才有价值。孩子们的头脑，应该是一把待点燃的火把，而不是盛装知识的容器。所以绿色的课堂，应该是孩子思想的流淌，智慧之光的闪现。在课堂中，学会思考，大胆表达自己的想法，或口头，或书面。学生在课堂上即兴的想法不一定有深刻的见地，甚至不一定是正确的，但这又何妨？最重要的，是他们有了思考的意识，有了表达自己想法的习惯与能力，不会人云亦云。思想，是绿色课堂之灵魂。有了它，绿意更深邃，更耐人寻味。

绿色，说简单很简单，拿彩笔一抹即可，但真正有生命的绿色，应该是根植于每个人内心的。

（2015年5月）

从余秋雨的童年生活看小学生的语文学习

暑假作业除了摘抄20张读书卡片，还要写一篇读书笔记。这个暑假，我没有读任何教育专业方面的书籍，因此，要完成这第二项作业的确是个难题。不过，就像学生要提高写作水平不是靠读作文书，而是博览群书一样，与教育有关的，也不仅仅只有教育专业方面的书籍。余秋雨的《借我一生》，除了让我领略他那清新淳朴的文字，感受他那浓浓的故乡情结，了解他那曾经坎坷的经历，也让我在他的童年点滴中受到关于教育的点滴启发。把这点滴稍作整理，权当完成这第二项暑假作业。

一、语文，需要来自生命的阅读

余先生童年时代家境贫寒，但他却从小养成了自学读书的习惯。他的老家在当地算是一个破落的书香门第，家里的一些古籍名著，是他的启蒙教材。他说："正是那些密密层层的古籍，使得老楼离外面的世界更遥远了，我感受到了一种从未有过的纯净。开始我以为这种纯净来自环境，一个月觉得这种纯净来自文化，再过一个月又觉得这种纯净来自自己的生命了。"这种来自生命的阅读，正是当今孩子所缺少的。玩具、电视、网络的花哨霸占了本应有的那种纯净。我们的语文教学，应努力去唤回这一种纯净。

二、语文，需要在实践中提高与发展

“我的童年，是由一封封农家书信，一笔笔汗水帐目滋润的。我正是从这间旧屋起步，开始阅读中国大地。”余先生七岁开始就每晚帮助村里人读信写信，八岁开始便负责记工分、算帐。这一经历，套用现在新课标中的话就是“在实践中学语文”吧。

三、语文，无需有枯燥的作业反复操练

余先生开学较早，他母亲为了让他继续跟读上去不留级，便设法减轻他的功课负担，即每天都帮他完成回家作业，连暑假作业、寒假作业也不例外。“她最感吃力的是要在作业本上模仿小孩的字，我玩累了回家，见她一笔一画那么费事，就帮帮她，让她先写在别的纸上，我抄上去。她感激地说：‘真懂事！’”虽然母亲的这种做法在如今我们不宜也不敢生搬硬套，然而以余先生在文学上的造诣，我们由此作出如下推理肯定不为过：作业，并不一定能提高一个人的语文水平。这又应了新课标里的一句话：“提倡少做题，多读书。”

四、语文，千万别让学生成为“书蠹头”

新课标指出，小学语文教学应避免繁琐的语法分析，要让学生在大量的语文文字实践中感受语文，陶冶情操等等。余先生在自己的日记中也批判了这样的语文教学，《旧屋与旗袍》一文中的第十部分有如此经典的一段需要分析结构的句子：“周老师看了王老师一眼，回过身来对李老师说：‘前两天孙老师带病为朱老师补课的事，是不是应该让胡校长知道？’”余先生这样在文中写道:“台上的老师对这句话的分析，绕得更凶了。语法概念说了一大堆，黑板上画出来的语法结构线已经像一堆剥了皮的老麻，丝丝缕缕缠得人头晕脑胀。”好在这段“经典”成了后来同学们嘲笑“书蠹头”的范例，课堂上哪位老师把一件简单的事情讲复杂了，或者讲了半天还是没让大家听懂，便会有人嘀咕:“周老师看了王老师一眼……”现在的语文教学虽说没有这般经典了，但有时出会出现类似的“五十步”现象。我想，每位语文老师都应该背一背“周老师看了王老师一眼……”这段话以时刻提醒自己别把学生当作“书蠹头”。

（2007 年 8 月）

第三辑 人物掠影

笑语盈盈　暗香幽幽

她叫盈盈。

这是一个看一眼就叫人叹惋的女孩。每次在校园见到她一拐一拐的身影，总会不由自主地往她身上小心地多看一眼。其实她长得很清秀，白净的小脸，大大的眼睛，可是嘴有些歪。如果听她说话，不用心，根本听不出她在说什么，因为她的舌头也不听她的使唤。可她似乎根本就没注意自己的这些，每次在校园碰到我，总是努力地向我问好:“钟老师好！”那一刻，我的心头总会一阵紧缩，然后极其认真地看着她，又极虔诚地听她问好并向她微笑点头，唯恐玷污了她对我的那份尊重。听她以前班主任老师说，其实，她是个聪明的孩子，老师讲的内容她都懂，就是手写不了字，而且每次上课，她都听得特别认真。于是，对她的怜惜更甚几许。

这样的日子一晃就是几年。今年，由于一些原因，她到了我的班中。于是，一种想帮助她，呵护她的想法油然而生（我刚带出的一个班中也有个肢残生，或许是习惯性思维吧）。正当我考虑可以在哪些方面帮助她时，她却先给了我一个震憾——

开学第一周的周记，我让每位学生都说说自己，写写自己的心里话，题目是《钟老师，我想对你说……》。她在文章中用七歪八扭却又极其认真的字写道："老师，我希望你像对待别的同学一样对待我……"自尊，自爱，自信，自强，这些平时只挂在口中，连我自己都对它们的内涵不曾深刻领会过的词语，一下子便得到了最生动、最淋漓尽致地诠释。我的心，无法再平静……我还能怎么帮助她呢，唯有小心翼翼地呵护了。

孩子都爱表决心，特别是面对一个新的老师。我这样想着。再加上开学初的繁忙工作让我几乎忘了她写给我的这句话。作业本交上来时少一本，我会很自然地认为她当然可以不做。可就在我为她找理由的当儿，办公室门口出现了她一拐一拐的身影……我顿感羞愧，同时又为她感动着。

后来的一次，碰到她母亲。她告诉我，孩子每天都做作业到很晚，而且怎么劝都没用，很固执。一时，平时口舌伶俐的我竟不知该说些什么。

都说现在的学生读书比我们小时候辛苦多了，每天要做那么多的作业。那么对于她而言，每天的学习任务该是一个多么沉重的负担啊。一学期下来，她没有一次不完成作业。哪怕是听写，她每一次都是在我报词语时先写下第一个字，课余再补上交给我。这，不仅仅是自立与自强，更是现在的孩子最缺乏的意志与毅力啊！我也曾试着为她减少一些作业，看到的是她脸上的不屈及委屈，让我再不也敢对她"另眼相待"，只有在心里一次又一次地被她感动着。我唯一能做的，是对她那些"乱糟糟"而神圣的作业批得格外仔细，圈出作业中哪怕是很小的一点错误。这应该也是她所期望的吧。

一般来说，像她这样的孩子自尊心都极强，心理也会特别脆弱，可她却很开朗。上苍还是公平的，虽然未能给她一个健康的身体，却给了她智慧，更给了她一颗开朗与豁达的心。上课时，她总能积极举手，极其艰难却又十分努力地把自己的答案说给大家听；课间与同学交流时，无论同学们因为听不清她的话而反复问她多少次，她都努力去表达着，而且从不羞愧与自卑；大扫除时，她决不会让自己空闲着，尽管她走路的样子都让人担心……

笑语盈盈间，暗香幽幽然，如兰，如菊，如梅……

（2007 年 3 月）

感 动

昨天晚上忙着备课，直至睡觉前才发现手机里有这么一条短信：是我，潘林丰，老师你好吗？短短的一句问候，那个活泼开朗、善良热情的男孩，那张腼腆又纯真的笑脸，瞬间在我脑海中明朗起来。哦，真的谢谢你！在分别一年半后，你还能在一个千里之外的地方想到我。

他二年级刚转来时，语文试卷总是交白卷。这些字他都不认得，更不会写。但到了五六年级，他每次考试都能考六七十分了，有时遇上试卷不是很难，他也能考个八十几分。这些，我从没觉得是我的功劳，不是自谦，因为他的确是个听话努力的好孩子，而且也不笨。但对于他后来能够乐观开朗地对待生活的种种，以及自信地面对同学和伙伴这一方面，我还是颇有小小的成就感的。

外来孩子在各方面的条件本来就相对较差，而他家似乎更糟些。我的同情心向来见长，于是我也力所能及地帮他一些。真的是“穷人的孩子早当家”，他十分懂事，且常怀一颗感恩的心，我对他的点滴帮助，自以为掩饰得很好，却从来都逃不过他的感受。他会在周记中一次又一次地向我表示感谢，并告诉我他的心里话。他的善良让每个人都感动。一次有人把一个手机忘在他家小店了，他追了老远的路去还（她母亲也非常支持他的做法，所以对他的家长，我一直非常敬重）。他还很能干，帮父母照看小店、照顾两个妹妹，有时还跟父亲押货出车。一次他在周记中写了一篇关于自己如何推着一辆破自行车去牛钱村送一箱啤酒的事，让我感动不已。这篇文章让我想起了自己读书时类似的经历。于是，更对他关爱有加。他也因此成为班级中坚强、能干的榜样，让其他同学刮目相看。更重要的是，他在我的引领下真正明白了：贫穷并不可怕，苦难是人生宝贵的财富以及如何乐观地面对生活。

六年级时，他要回老家读了，我还真有些舍不得，像是与一位老朋友分别。而他，也在分别后一直惦记着我，除了过年过节总不忘发短信祝福，平时也经常记得问候一声。

我想，这就是回报吧。读师范时我最敬仰的沈丹丹老师告诉过我们：付出时别想着回报，更别等待回报。你越计较，失望就会越大。不求回报的付出，会让你在不经意间得到许多。是啊，曾经也仅仅做了自己应该做的事，不想却有如此涓涓细流般的感动滋润我的生活！

（2007 年 4 月）

最是淡定小帅妈

事情发生在国庆长假前的校运会上。我们班的小帅同学参加 800 米长跑。三年级的孩子，第一次参加，800 米，更何况小帅个儿也不高，我都有点儿心疼孩子。第一天的运动会，小帅爸爸有空，过来为班级的孩子们加油；第二天小帅跑 800 米了，他却没空。那天早上我上班碰到他，打过招呼，他说："孩子他妈会来的。"马上又遇上小帅妈了，她对我说："这孩子，一定要我来，我是请假来的。"

800 米的起点在操场西南角。小帅妈就站在那个西南角靠南的转角处，那样微笑地注视着孩子站在起跑线上，没有惴惴不安的叮嘱，也没有振奋人心的鼓励，就是那样淡淡地笑着。开始跑了。是 4 圈。虽然我们班运动会成绩不好，但因为是 800 米，与其他项目相比，孩子更需要鼓励加油，我便绕着操场拼命地为孩子鼓劲。在东边的跑道与西边的跑道间来回折腾。一直到最后一圈时，孩子们都气喘吁吁，非常累了，我便陪在孩子身边一起跑……一起助跑加油的还有其他几个家长。而在这过程中，我们的小帅妈却一直站在那个转角处，她的身上，除了目光，啥也没有动。一直到小帅冲向终点了，他停下来双手扶着用布条围成的"护栏"，弓着背身体前倾，大口大口地喘着粗气，一副痛苦状，可我们的小帅妈，居然还是立在那儿，就那样微笑地看着自己的儿子！我赶紧跑过去，扶住小帅，扶他到妈妈面前，这下，小帅妈妈可能是给我面子吧，终于伸手扶过儿子……

这是我见过的最淡定的老妈了！淡定得让我不敢相信！我想，这世界上还会有第二个妈可以如此淡定地看着自己的儿子在运动会上长跑而自己却一动不动地仅仅是注视？

哦，差点忘记介绍小帅了。他可是我们班级中一位非常出色的孩子，现任班长。不过，一年级时的他也是很不让人省心的——所有男孩子容易犯的毛病，他都有。实在没办法了，他总是三天两头地被叫出座位到教室后面站上三五分钟。然而，他求知欲极强，只要有学习的机会，他都会努力抓住，琴棋书画球类学科类游泳……只要说得出的培训班，他都热衷于参加，而且总是一学便会，一点就通。所以，随着学习内容的增加，他所学的知识已经较好地武装了他自己，是与非，美与丑，善与恶……曾经的不懂事、顽皮捣蛋都开始销声匿迹，他越来越像个小小男子汉了。他可以为了作业本上的一道题目晚上打电话与我争论，他也会为了要参加级段里的写作兴趣小组跟在我后面软磨硬泡老半天，他还会因为劳技课上编绳子得了“良”而一定要求重新编过……新学期当了班长，他更能够把班级的各项事务打理好，我想到的没想到的，他都能想到。当然，他还有一点也与其他孩子不一样，就是傍晚放学时，只要是他妈妈来接，他一定会乐得手舞足蹈，乐颠乐颠地跑上去抱住他那个儿不高的妈妈，用脸亲热地蹭着妈妈的肚子，久别重逢一般——一点都不像个三年级的男生；而他的那个淡定妈，只是这么笑眯眯地，什么也不说。

你说这儿子的优秀，是不是和老妈的淡定有关呢？我想那是一定的。自从运动会后，我一直在想这个问题。

现在的孩子，无论是生活上还是学习上，自觉性、自主性都不是那么强；而我们的家长，却几乎个个都紧张得要命。刚刚批阅的周记本中，一位孩子这样记录长假中几户家庭野餐："爸爸们忙着烧烤，我们小孩子忙着玩耍，妈妈们呢，聚在一起都说着自己孩子学习的事情。"可见一斑吧！"皇帝不急太监急"，这是目前家庭中普遍存在的现象。学习明明是孩子自己的事，可就是因为家长太过紧张，太于关注，在家长的不断大呼小叫千叮万嘱下，本来属于孩子们的责任渐渐地便转嫁到家长身上去了。有了问题，孩子还没来得及着急，先被家长抢先一步了，久而久之，孩子们便不会心急不会紧张了，考不好，顶多害怕家长唠叨（低年级时），烦家长唠叨（高年级时），至于往自己身上找原因，根本就不可能了，因为在他们潜意识里，他们是在替父母学习。

蓦地，我想到了叔本华的"豪猪理论"。当我们对孩子的爱没有距离时，其实是不是已经刺伤孩子了？只是，这伤是内伤，时间久了才会被发现，而且等到你发现时已经很难治愈了。再扯得远点，就像恋爱中的人，假如一方若即若离，另一方便会欲罢不能，把所有的心思都往其身上花；而太过热辣的情感投入，到头来收获的大多是泪水。

当"淡定"这个词语十分流行的时候，当越来越多的人把"淡定"挂在口里或者以此自我标榜的时候，真正的淡定，其实离我们还很远。

因为，淡定，是需要大智慧的，就像小帅妈妈那样，将爱藏在心里，把微笑挂在脸上，用目光来表达，用行动来感染。

（2012年10月）

邻居阿葆

阿葆是我搬进新居后新认识的邻居。一听这个名字，你或许会以为这是一个呆头呆脑的大男人，其实不然，她可是位漂亮大方的年轻妈妈。

都说住商品房的人都是“老死不相往来的”，我们的相识自然也不仅仅因为我们同住一个小区，还因为她女儿心心与我家儿子添添是同班同学。小区里还两个同班的小朋友，一个叫毛毛，另一个是正宗的“大头儿子”。几个小家伙放学后总爱在小区公园里疯玩，几个妈妈也就这么熟悉了起来。

毛毛是个留着根长长小小辫子的可爱小男生，可能是小时候身体一直不太好，所以看起来特别瘦小，与其他三个同班小朋友比起来，也显得稚嫩很多。第一次了解阿葆，就是从毛毛开始的，那个时候我们还不是很熟。

毛毛的家就在公园前面一幢。那天，几个小朋友玩着玩着，毛毛的家人不知什么时候先回家去了，说是待会儿会来接他。可一直玩到所有小朋友都要回家了，毛毛的家人还没来接，“叫一下他家人吧。”我立刻这样想，因为这样确实很方便。“毛毛，来，我们送你回家吧！”阿葆亲切地说，言语间，全是母性的温柔与爱意，又转身对女儿说：“心心，我们先送毛毛回去吧！”一个无法再小的细节，却让我的心微微一震，从而也认定：这个人真不错！

进一步了解她，是从我婆婆的口中。我很少接送儿子，包括陪他在公园玩，基本都由我婆婆负责；而阿葆与我不一样，她除了工作，还负责女儿心心的一切。因此，我婆婆与阿葆也混得挺熟。一次在家里，我也是无意中说起，阿葆这人不错，婆婆马上接上来说了一件事表示她对我看法的认同。一阵子，毛毛总是感冒，喉咙里似乎总含着一口痰，说话也有些气急。我婆婆和“大头儿子”的外婆带着自己的小孙孙在公园玩耍时，总会有意无意地避开毛毛，深怕自己的小孩子被传染。这当然也挺好理解。可是阿葆却从不这样，她只要看到毛毛在一边，会非常热情地陪他玩耍，尽管她也知道毛毛气喘得厉害。我想，这或许就是真正的“幼吾幼以及人之幼”吧。

后来，儿子班级里建了个QQ群，我们经常在网上交流，很快就变得很熟悉了。无论是听她说话，还是看见她人，都会让你感觉到她的快乐。“君子坦荡荡，小人长戚戚”，这话用在这里或许并不是十分准确，但一看到她，我便不由自主地想到了这句话。她的开心与快乐，应该源于她坦荡的胸怀及与人为善、积极向上的生活态度。

她待人很真，一句话能说到你的心坎上去。有时，我也会说起工作的繁琐与辛苦，她除了安慰你要善待自己外，还不忘幽上一默：“嘿，人嘛，总是要去梁辉的，想得明白点啊！”

对了，差点忘了很重要的一点，她还是很有才的哦！在群空间里，经常能读到她关于育儿方面的文章，不仅领略了她崇尚顺其自然的育儿理念，更被她流畅的文笔所折服。在刚刚下发的幼儿园的校报中，又见到了她的文章。

邻居阿葆，认识你真好！

（2007 年 7 月）

阿其公公

看到“老人”一词，竟莫名地想到这样一位老人——又黑又瘦的脸，佝偻的背，褴褛的衣衫，大大的嗓门加含糊的口齿——我童年时家乡的一位孤老，人称“阿其”。

那是一个物质极其匮乏的年代，村里刚刚分山分田。不知道是什么原因，阿其公公既没有什么亲人，也没分到山和田，日子的艰辛可想而知。他靠村里人的接济过日子。平时，他会帮助村里人干些农活来维持生计，到了冬天，没什么农活了，他的处境便更糟了，有时甚至会拿一个破篮子和一个碗，就在自己村子里熟悉的人前行乞。有时，他也会在地里偷几个红薯之类的，淳朴的村民并不怎么说他，以至于我在初中学到“孔乙己”时，就联想到阿其公公。

称他为“阿其公公”的，村子里也就我们兄妹俩，其他老老小小的人皆称他为“阿其木大”（音，意为“傻瓜”）。当然，这个称呼虽不雅，但村民们也并非有什么恶意。或许，在村里人的眼里，他确实不是太正常。他总爱唠唠叨叨地说话，说个不停，加上口齿不清。而我母亲坚持认为阿其不傻并教育我们要称他为“阿其公公”的主要原因是他常常对我们小孩子说“小孩子，读书要读好，书一定要读好……”

那个时候的我也就七八岁，“双夏”季节，父母干农活回家晚，只要不下雨，晒场上管谷、翻谷、收谷由我来负责。每次黄昏，总见阿其公公坐在晒场一角，等待有人去使唤他帮忙——要把谷子装进编织袋或是把箩筐抬进谷仓是需要帮手的。收谷之前或是忙完之后的空闲时，阿其公公总爱和我们小孩子讲讲话，可周围的小孩子却偏偏不屑于此，有些调皮的男孩“阿其木大”“阿其木大”地大声嚷嚷，然后跑开。那时的我很胆小，看到他，总感觉怕怕的——他的长相也确实有些吓人。但我也不会像其他孩子一样调皮或是无礼，我紧张又有些不安地站在一边，听他用粗大的嗓门含糊地一遍遍地说着“小孩子书要读好，书一定要读好”之类的话。他也因此会夸我“XX 的女儿最乖”，这使得我更加局促不安。

由于我家住村西，平时很少见到阿其公公的，而他，也在之后的没多少日子里便离开了人世，据说很悲惨。我想，之所以这位与我并无任何关系的老人至今还会在我的记忆之中，这与母亲的看法有很大关系。母亲是“唯有读书高”的崇尚者，她经常在饭桌上教育我们：“都说阿其笨，其实他一点儿都不笨，聪明着呢！每次都说小孩子书要读好，这话说得再也正确不过了……”

虽然我的学有小成并非是因为阿其公公的那些话，但对于阿其公公，真的很难忘却，好几次，我都这么想：如果他生活在现在的社会，日子是不是可以过得好一点呢？

（2008 年 10 月）

我的外婆

敲下这个题目，颇有小学生写作文的味道，但我实在想不出一个更合适的题目了。我就是要写写我的外婆。

昨日冒雨驱车半小时，来到河姆古渡边一个山清水秀的小山村。我童年中有一段较长的时间便是在这里度过的。几十年过去了，小村庄依旧——那溪水，那石桥，那柴垛，还有那屋后的竹园……走在石板小径上，眼前浮现出二十几年前的早晨，有人端一面筛子，上面放着好些大饼和油条，悠悠地叫卖着……

外婆还是住在那间小屋子里，近三十年了，未曾改变。我们进屋，外婆不在外间，便使唤儿子和侄女去里间喊“太太”，不料，侄女跨进门槛张望了一下，又回了出来：“吓煞哉。”我进去一看，外婆正躺在床上。屋内光线有些暗，加上外婆九十几岁的高龄，难怪侄女要觉得害怕了。母亲立刻担心起外婆的身体，我也一样，因为在我小时候，外婆每当梅雨季节便要发“瘤火”（这个毛病好多医生都说没听说过），发烧，外加小腿浮肿、痛，无法行动。不过这次我们的担心是多余的。见我们来了，外婆高兴地起来，她说反正没什么事，就躺一会儿。于是，我想到，晚年的外婆，只有在回忆中度过她的每一天了。

母亲开始为她试新买去的鞋子……

外婆住的地方也算是个革命老区。我很小的时候，外婆就给我讲过她帮助三五支队战士洗衣烧饭的故事，她有好几次甚至还与敌人正面接触，掩护三五支队战士。外婆也因此在晚年时得到了政府的生活补贴。

外婆很能干。她的毛线衣织得特别好。我在上学前住外婆家时，常有人拿着毛线让她织，还会付给她一些工钱。而外婆，只要人家说得出的花纹，她都能织出来。哪家姑娘身上穿的毛衣花样好看，外婆只要看上一眼，便能“完美复制”。不仅如此，外婆还对时尚特别敏感，她能通过各种渠道得到服装的最新流行款式。就在几年前，她都八十好几了，可她却能一边和我们看电视一边评论演员的服饰。

外婆很善良。外婆有三个媳妇，也就是我的三个舅妈。除了大舅妈，其他两个是属于比较刁蛮的那种，在村子里出了名的。我的外婆即便受再大的委屈，也不会与舅妈们吵闹。她总是对我说：“自家的事，在外面大叫大嚷，只会被别人笑话。”同时，她也经常告诉我一些做人的道理，告诉我待人要宽容，说话要谨慎，“满满的饭可以吃，满满的话不能说。”

外婆很开明，有时甚至可以说很“时尚”。我读初中时，外婆在我家住过一年多的时间。那时我家离学校近，每天中午都有一些同学来我家串门，外婆总能和他们谈得不亦乐乎。我的好几个同学在毕业好多年后都会提起我的外婆，说她明事理。后来我工作了，外婆因为眼睛手术又来我家住了一阵，我家先生（那时还是刚认识的男朋友）与外婆特别投缘，无话不谈。记得那一年刚好国家领导人换届，外婆会指着电视里的领导人告诉我："看，这人。长得多方幅！"

见我们去看她，外婆自然很开心。但她真的不同于一般的老年人。她只是慈祥地看着我们，满心欢喜，却从不絮絮叨叨。

一会儿后，我们要走了。外婆知道留不住我们，只是说道："自己这么忙，以后不用经常来的。"然而我心里却明白：我们这样一趟看望，可以为外婆增添许多回忆的内容。

（2008 年 6 月）

念外婆

从来没有如此清晰地看着一个人离开，偏偏她是我最亲爱的外婆。

自从外婆离开后，一直想用文字来怀念，却没能静下心来，直至前天晚上外婆再次走进我的梦。准确地说，应该是昨天凌晨吧。曾听老人说，凌晨的梦是很准的。但这个梦怎么可能成真呢？

梦中，我又一次来到那片竹林，外婆家后山的那片竹林——小时候住外婆家时，曾无数次在那里嬉戏、挖笋。这一次，我是和同事在一起。从后山下来，我对同事说："下面就是我外婆家了，我小时候经常来这里玩的。"正说着，外婆出现了！她提着一桶水，走向井边。这一口井就在大舅舅家后门，因为打水，曾经年迈的外婆也受过我那几个舅妈的不少气。外婆的腿不瘸了，脸上的皱纹也少了许多，她的脸上没有什么表情。"外婆！外婆……"我拼命地大喊。当时我的意识比较清晰：外婆不是离开我们了吗？外婆怎么又活过来了？"外婆！"我再次大声地喊着，试图留住她。倏地，我眼前的井边出现了一座小小的坟，一块石碑硬生生地竖在我面前。外婆继续向我走来，但并不看我，也没有跟我说话，任凭我哭着喊着。然后，她走到了石碑上，化作了石碑上一张小小的照片。我跪了下来，"外婆！外婆……"哭喊中，我惊醒了，周身还泛着歇斯底里之后的被抽空了似的疲劳。

外婆离开我们已半年有余，我也曾好多次梦见外婆。听别人说，梦见死去的人，是因为她有事要托梦给你。于是，每一次梦后，我总会想方设法地去解读，外婆想告诉我什么呢？外婆并没有要求我做什么呀，而且她也没有告诉我什么不好的事。其实，就算外婆需要什么，她也不会向我们提出什么要求的，那么多年中，外婆任劳任怨，饱经风霜，她又何曾向子女儿孙们提过什么要求？现在，她更不会了。因此，梦见外婆，只是因为我的思念吧！

外婆也属马，整整大我60岁。最近的几年中，我们一般每年都会在固定时间去看她。而她，每一次见到我们，都会向我们说说她对自己后事的安排。比如，她要准备一床新的被铺，在她死前卧床时我妈总得去住几天（我妈是外婆唯一的女儿，我们家离外婆家很远，母亲很少住外婆家）；比如她会告诉我们她准备的佛经都放在哪里，分别什么时候烧；比如她无数次地告诉我们她是多么害怕火葬，她说等她死后一定要在家里多放几天再去火葬场，不然她会痛的。外婆没有多少文化知识，但对于生活，以及生与死，她懂得太多，她能够淡然地看待一切——开心地生活着，平静地等待死亡。

今年正月，从大舅舅家吃完晚饭送她回住处。我和母亲扶着她。外婆竟然开心地跟我们说：“人家年纪大了都说不要活，怎么还不死。我现在是活得味道好煞啦，最好不要死。”说完，她哈哈大笑。这是我第一次听外婆说这样的话。之前，她也是和其他上了年纪的人一样，经常说：“我都这么大年纪了，怎么还不死呢？”特别是村子里有人去世的时候。因为村子里鲜有比她长寿的了，所以每一个死去的人都比她小，她未免要感慨一下。

虽说风烛残年了，但外婆的身子骨一直不错的，除了耳聋，其他都没问题。但不知怎么的，听了外婆那一句“恋生”的话后，我竟有一种奇怪的感觉，外婆为什么突然说这话了？会不会事与愿违？我努力打消这种不祥的念头，但念头这东西实在是可怕，它像个魔咒……

3 月 2 日是我的阳历生日，全家人都记着，那天晚上，母亲炒了面。第二天，我在上班，哥哥打电话来，说外婆摔了一跤，正送往人民医院……

在急救中心，我拼命地喊着“外婆”，外婆依然面目清爽，她看着我们，却没有任何表情，就像看一个不认识的人一样。跟她说什么，都得不到她的任何回应。其实我后来才知道，外婆她是看见我们的，只是，她的神情、动作、语言都无法受她的意识支配了！医生说，她的大脑全震碎了，加上脑出血，脑浆都跟豆腐浆一般了……

当晚，外婆就开始昏迷了。直至离开，外婆没有留下一句话。对谁都没有。在医院里躺了五天后，她走了。村子里的人都说外婆福气好，在的时候很幸福，走的时候很快。是的，这应该也是一种幸福吧，对她，更对她的子女儿孙们。

守灵时，妈哭得昏天黑地，一直说：“妈，你怎么不留下一句话就走了呢？”确实，外婆的离开太匆忙，连一句话都没有给我们留下。但其实，该说的，外婆她早就无数遍地说了。对于死亡，她是早就开始做准备的。

外婆在世时，特别在后来经济条件相对比较好的时候，她总是记挂外公，说是外公没有福气享受。在外公走后的二十多年里，外婆是无时不刻地在思念着外公的。外婆离开后，我唯一觉得可以舒一口气的就是，外婆终于可以和外公在一起了。

外婆，愿您与外公在天堂里能够幸福！

（2011 年 11 月）

永远仰望，那座山峰……

我对英语有着一种特殊的感情。我酷爱英语，却学得不好，准确地说应该是没有机会学好。这种感觉就像一位恋人深情于钟爱的姑娘，却没有机会向她表白，让人觉得遗憾不已，又苦闷至极。而且，这种感觉，一直萦绕在心头多年，直至我再次遇到叶老师。

在我的书房里，英语方面的藏书曾占了将近一半，除了参加英语本科函授的教材无一例外地保存着，还有自己曾经订阅过的英语杂志，购买着的英语词汇手册、词典，更有参加全国公共英语二级、三级考试的教材，还有名著 Charles Dickens 的《A Tale of Two Cities》(《双城记》) 等英语读物。珍藏这么多的英语读物，与其说是用来提高自己的英语水平，还不如更准确地说是为了怀念一个人。她就是我初中时的英语老师叶劲峰。

都说人如其名。叶老师虽说是位女教师，个子也不高，但在我心中，真的像是一座无比坚劲的山峰。她英语功底深厚，是科班的宁波大学英语系高材生；她性格刚正，为了维护我们学生的利益，可以与校长拍桌子；她更是一位爱生如子的好老师。尽管她不是我们班的班主任，但我能够受业于她学习英语，这也应该是几辈子修来的福份了。

对于叶老师的教学，我无法一一详细地叙说了。但我依然清晰地记得，跟着叶老师学英语，是件十分容易的事，更是件十分快乐的事。在她任教的两年中，我的英语成绩从来不下95分。而且到了初三换了英语老师后，情绪上的反感使我从来不听那位英语老师的授课，但凭着叶老师教给我的功底，我的英语成绩依旧遥遥领先，以至于翻开我的初中毕业留言册，几乎每一位同学都夸奖我的英语水平，说我会成为一名翻译。

然而对于叶老师在工作上的许多细节，却永远也无法从脑海中抹去。叶老师家住余姚，离学校二十多里路。每天清晨，总见她汗涔涔地骑一辆小小的女式自行车早早地到校了，冬天也不例外。有时，她也会住在学校，和我们的地理老师住一室。我有一次去过她的寝室，床单平整得像一块水泥板，一丝皱纹都没有。我们读初二时，她怀孕了，反应很严重。可她依然坚持给我们上课。有时，严重的妊娠反应让她几乎说不出话来，她就会往嘴里塞一颗糖（或许是话梅之类的）。我们那个时候班级当中爱读书的人并不多，但那一刻，教室里总是鸦雀无声，我的心更是揪得紧紧的。就在那一阵子，叶老师让我去参加县里的英语听力比赛，她把录音机、磁带都借给我，还鼓励我说一定能得个一等奖回来的。可就在几天后，她却因为身体原因不能来上班了，关于比赛的事也没人再和我提起，那个录音机也让学校里另一位英语老师拿回去了。这事着实让我遗憾了好一阵子，也更让我怀念叶老师。让我意想不到的是，叶老师的课就到此为止了，之后的英语课，由其他英语老师陆陆续续地代了几节。留给我的，只有无尽的期待了。

初三了，我到陆埠读书。听说叶老师又回到学校后，按捺不住对她的思念，我提笔给她写了一封信，诉说对她的想念以及在新学校的种种不适，还告诉她我那时的成绩很糟。不想，没几天就收到了她的来信。她告诉我她很喜欢那所学校依山傍水清幽的环境，还说了很多鼓励我的话，其中有一句是“你要告诉自己:‘我是一名好学生’，这样，你肯定能成为一名好学生的。我就是一直认为自己是一名好老师。”那一封信，对于一颗胆怯、孤寂、自卑而又敏感的心，曾是多么温暖的抚慰啊!

之后的很多年里，因为对叶老师的眷念，我一直没有放弃自学英语:借来了高中六册的英语课本；买了许多英语方面的书；还参加过全国公共英语考试……但终究因为能力有限，学到的东西不多，渐渐地也就没能再坚持下来。英语成了我心头永远的痛……

2009年暑假，在一次心理健康培训中，居然十分意外地再次见到叶老师！当时，她已调至世南中学任教。那种惊喜，难以言表。

于是，我撤下了书架中的早已不看的英语书籍。每一年教师节，送上一束鲜花，对着敬爱的叶老师说一声“节日快乐”，这真是一种莫大的幸福!

（2014年9月）

可爱的老头儿——与张田若老先生面对面

首先声明，这里的“老头儿”一词绝无不敬之意。今天早上当我面对张田若老先生的时候，我心里就一个感觉：这个老头儿好可爱！因为，我想起白岩松曾经写过一篇文章，关于黄永玉的吧，他也尊称黄老为“可爱的老头儿”，当然，还有黄永玉这个可爱的老头儿自己写的一本书《那些比我老的老头儿》。我没有见过黄老先生，但读过他，也对他书中所说的那些老头儿们略知一二。看着张老神采奕奕地与我们几个对话时，我就感觉他就是从黄永玉的那本书里跳出来的那些可爱的老头儿中的其中一个。

张老先生 88 高龄了，可身板依然硬朗得很。瘦瘦的个儿，精神矍铄，说起话来神采飞扬，特别是说到语文教学，若我们哪一句话说准了，他便会如获至宝似的开心，就像一个可爱的孩子得到了一件他心仪的玩具后的那种笑容，真是可爱极了！

早上，先是我们四人拜见。老先生思路非常清楚，他先问我们可以有多少时间。接着他问我们有什么困惑，只要听到谁说客套话或者绕圈子了，他立马打断：“说问题，说问题，这些都知道，说有什么困惑。”接着，他让我们选课题，问我们对什么感兴趣。我刚一提出“对联教学”具体是怎么回事，他立马把我的名字写在“对联”一词旁边，非常开心地说:“好，我会帮助你，我会给你资料！”其实，我只是自己想学而已。

张老先生最见长的是识字教学，而我对此并不怎么感兴趣，我认为现在的孩子认字已不是什么问题，阅读教学一块才是我感兴趣的。因此，昨天晚上听说要被召见时我也不太情愿去。可是，在今天的谈话中，他也说到了阅读教学。当我提出自己对识字这一块的想法时，没料到张老马上接过说，是的是的，识字确实不再是问题。然后他马上说到阅读教学了，他说:“阅读教学不是阅读。现在识字不是问题，阅读教学中，理解也不是问题，而是要读，要积累，要写。”这话说得太好了！张老还告诉我们一些关于阅读教学的具体策略，很重要的一点是大量的补充，其实就是积累。我觉得，张老关于语文教学的一些主张是十分朴素却又十分有效的，听着，感觉踏实极了。而且，他总是不忘提到学生，所有的一切，都是为了学生的发展。所谓“大音希声”，像张老这样一位德高望重、名声如雷贯耳的前辈，他的教导，每一个字看起来都那样普通，却能真真实实地落到人的心里去。张老，您真是可爱极了！

交流过程中，张老不仅留名片给我们，还告诉我们他的QQ号码以及他夫人郭老师的电话，让我们有困惑可以及时询问，他还说他是有问必答。张老还对我说，我要的对联资料，他会邮寄给我。那一刻，我不知该怎么说，只想到一个人，一件事:季羡林，帮助一位学生管行李。88岁高龄的张老下午乘动车回北京。一个人。此刻，他是不是应该回到家了呢？虔诚地祝福可爱的张老：一路顺风！健康长寿！

（2012年10月）

“不打不长牙”

昨天晚饭后看刚到的一期《读者》，里面有一篇《不打不成才》。是一位父亲因为儿子“愤恨”地“揭露”他的“棍棒教育”（此文也曾发表在此刊物上）后所写下的感言。

我也是在母亲的“棍棒教育”下成长的，心理依旧健康，性格依旧开朗，如今还对父母特别孝顺，所以我向来都相信“棒下出孝子”的。因此，对于儿子的教育，我还是有点“暴力倾向”的，而且自认为效果也不错。就拿昨天吃晚饭来说，儿子不肯吃饭，我眼一瞪、手一扬，他立刻不吭声了，最后在他奶奶的好话声中把半碗饭吃了。

为了更好地让儿子“领略”“不打不成才”这一理念，我看完这篇文章后，把在旁边玩耍的儿子叫过来：“添，读读这五个字。”我指着题目说。“不打不长牙。”儿子看了一眼，读道。我还真的差点“不长牙”了！幸亏见识过学龄前儿童的识字规律：会读“成长”但不一定分得清哪个是“成”哪个是“长”;看到大街上的“雅戈尔”会读作“谁找你”。笑过后，我也顺水推舟：“你看，书上都说了，‘不打不长牙’，你不乖的时候，妈妈就要打你，要不然，你一颗牙齿也长不出来的！”儿子愣愣地看着我，很相信的样子。接着，我纠正道：“这是‘不打不成才’！”“啥叫‘不打不成才’？”想不到儿子还能不懂就问。我自

第四辑　山水印象

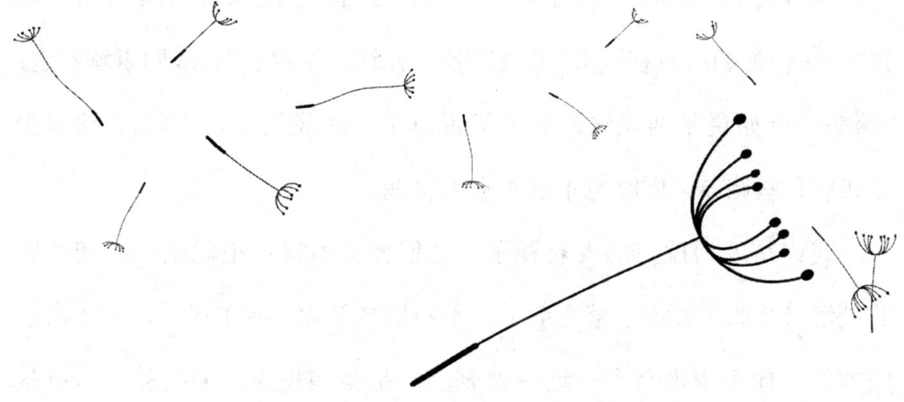

安徽印象（一）——歙县

印象中的安徽，就一个字：穷。记得很小时，家门口来了乞丐，父母总会告诉我这些都是安徽人。后来工作了，学生中有不少随父母过来的安徽孩子，其中一位关系不错的家长曾经向我描述过他们的老家：要么旱灾，庄稼颗粒无收，要么水灾，几乎要把房子冲垮。这次安徽之行，虽然又一次验证了这个长久以来的印象，但留在心中更多的，却是贫穷以外的东西。

似乎越是经济落后的地方，民风便越是淳朴。来到歙县的第一晚，我们因为难得放松，同办公室的几位同事打算买副牌消遣，但旅馆外根本找不到什么小店。我们做好被斩的准备，去向旅馆的服务员买。不料，一位同事去了以后回来，手上除了两副牌，还有刚才去时带去的十元“零钱”——怕他们敲竹杠过分，便只准备十元钱。见我们诧异，同事解释道：“服务一开始说是两元钱，后来又说算了，送我们了。”啊！？这多少让我们有些诧异，同时也不能不觉得羞愧。

或许是因为现在的人有钱了，他们便觉得自己很聪明，一切曾经的风俗习惯似乎都成了繁文缛节，不断地被删除，到了最后，除了自己的方便，什么也没有了。这些被删的，是某些程序、某些礼节，更是某种文化。走在歙县胡氏祖居，每一块牌坊、每一块石雕、每一块祠牌，甚至是每一个门槛，那么安详地静默着，只要你肯停下脚步，轻抚这石壁，它准会为你打开历史的扉页，向你娓娓诉说一段尘封已久的往事，叫人或感慨，或感动。同它们一起静默的，还有一位位上了年纪的老人，捧一个竹环的“火盆”，也是那么安详地，或坐或站着。踏着古朴的石板路，望着高高的马头墙，抚过矗立了几百年的牌坊石壁，不由地想道：这民居，这村落，不正像歙县有名的砚和墨吗？只要你花时间去研一研，即便清水，也将变得十分浓重。

（2007 年 12 月）

安徽印象（二）——宏村

宏村是我们这次安徽之行的最后一站。压轴的往往都是最精彩的。

从黄山市出发，车行约一个小时，便来到了宏村。一路上，听导游介绍说宏村于2000年被联合国教科文组织列入《世界遗产名录》，这里不仅保存着原汁原味的古民居，还有清泉润万家的古水系，古居上的石雕木雕更是珍贵的艺术品。我是个对美甚不敏感的人，且向来不怎么喜欢旅游，因此不管导游说得如何，我都麻木着，直到进入宏村。

由于已开发成旅游景点，村名被大大地写在了收费处的门楣上，“宏村”两个红色的大字生硬地立在上面，仿佛是一位原本淳朴无华的乡村少女此刻被强拉过来，进行一番粗劣的化妆后当起了迎宾小姐。

进入景区大门，在导游的带领下，我们开始参观。因为游的是古村落，加上我向来孤陋寡闻，于是一上路，我和之前一样，便紧紧地跟在导游后面，努力从她的讲解中去了解一些当地的文化。然而这一次我错了。之前的胡氏宗祠、棠樾牌坊群的确需要听，若不听，看到的只能是几块石头；这里，根本就不需要听，因为我们参观的根本就是一个村子，一个活的村子——村里的每一位老百姓依然在被我们参观的老房子里过着普通的生活，而不是什么古迹。在这里，我们不仅可以用眼睛看，更可以用耳朵听，还可以亲手去触摸、亲身去体验。

“依山傍水”，向来是我们心目中的宜居环境。然而来到这里，我发现没有山似乎更美。脚踏在古朴的石板路上，听着缘房奔流的小溪(我不知道是不是可以称为小溪)，抬头望望那灰白相间的“马头墙”民居以及清波漾漾的湖面，你立刻会想到那淡雅的江南水墨画，那么素净，那么淡雅。——初冬。乡村。恬静。

我们在村道上漫步。“啪！啪！”那么有节奏，那么熟悉！原来是河埠头几个妇女在洗衣服，棒槌落在衣物上，奏响了一支浣衣曲。河中央，不时游过几只鸭子，正快乐地戏水。沿河的屋檐下，几位上了年纪的老人拎着套着竹提手的“火充”，就这么打量着我们，虽然像我们这样的“不速之客”每天都在打搅着他们的生活，但他们早已习以为常了。

村中的古宅都有人住着，因此，与其说是参观，不如更准确地说是“做客”。古宅应该是宏村的精华了，尤其是里面的木雕。主人都很热情，他们顺便也在家中卖些旅游纪念品什么的。有一户人家家里，还有主人的签名售书（书就是主人编的），我情不自禁地掏钱从作者手中接过一本，《走进老房子》，里面有不少照片及文字说明，正好弥补了我没带相机的缺憾。回到家后，我多次翻阅，这是我在所有景点中买到的最有价值的东西了。

（2007年12月）

桂林印象

“桂林山水甲天下”，从小学开始就会背了。教书以后，更是好几次带领学生在文字中感受桂林的山与漓江的水。因此，当活动前让我们自由在海南与桂林之间选择时，我毫不犹豫地选择了后者。我想，是文字的魅力左右我的选择的吧。出发前，我特地准备了笔记本和笔，打算记录自己旅游过程中的所见所闻，只是去年这个时候，我还没有记录文字的习惯，偶尔提笔的艰辛以及旅游的疲惫使这一打算无果而终，至今都觉得遗憾。

说起桂林这座小城，可以用一个词来形容：精致小巧。整座城仿佛一个设计精美的大型公园，从一个景点到另一个景点，乘车只需三五分钟;登上桂林最高的一座山，对我们这些“四肢不勤”的年轻人来说，也不是太难;城里没有一家工厂;路上几乎见不到轿车，偶尔见着一辆，同行者大呼:“嗨，浙江牌照的！”

城市虽小，却精巧别致，要不怎能成为国家级著名风景旅游区呢？象鼻山、七星岩、骆驼山……这些大自然巧夺天工的瑰宝，让我们一路欣赏，一路赞不绝口，只是现在只剩回忆，加之文笔拙劣，无法详细描述了。

离开桂林，我们乘上庞大的客艇边欣赏漓江，边驶向阳朔。这漓江上乘船的感觉就差多了。或许是因为《桂林山水》一文中对于“漓江的水”的描述实在太美：“漓江的水真静啊，静得让你感觉不到它在流动；漓江的水真清啊，清得可以看见江底的沙石；漓江的水真绿啊，绿得仿佛那是一块无瑕的翡翠……”希望越大，失望自然也大。我们乘坐的大客艇十来分钟一班，都靠柴油发动，码头的水面上浮动着一层明晃晃的油。如此密集的船队，漓江的水怎堪重负？也或许是我们去的前几天广西刚刚经历过台风与暴雨，才会使这水混浊地泛着黄。一路上，两岸的青山连绵不断，姿态各异，倒的确有种画卷的感觉。

上岸，便是“山水甲桂林”之誉的阳朔了。在琳琅满目的充满着民族特色的小饰品摊上，谁都会情不自禁地买上几样东西。几乎所有的旅游景点中都会有如此小摊，但我想，再也没有比这里的小摊更文明经商的了。摊主们安详地坐在里边，任你挑，任你拿，既不吆喝什么，也不吹嘘自己的商品有多好，更不会漫天要价，然后强迫你买下他的东西。他们文雅地回答你的问价，当你确定要买下并递上钱时，他似乎才开始做这一桩买卖。这该是我见过的景区中最文明的商人了。

阳朔的山更小巧，我不知道该称它们石块还是山。要说石块，它有着山的味道；说它是山吧，每一座山又是非常独立的，仿佛哪一位圣人爱好雕刻，把未完工的作品随意地放在了这个小镇上，房前屋后，甚至路的中央，好像他哪天有空了，就会把它们来搬走。

阳朔最有名的当然要数西街了。这是一条典型的中西合璧的街——街道两旁的房屋是，店内的商品是，街上走的人是，听到的语言也是。

东方古典文化与西洋现代文明融合在一起，别有一番味道。到这样的地方，那才叫真正的旅游呢，增长见识了。

说到桂林，不得不提那里的山歌。著名的刘三姐与阿牛哥的故事人尽皆知。到了那里，谁都会哼上几句山歌小调了，连我这个音乐盲竟也痴迷于此。记不得在哪个景点了，我们一行坐上竹排，水路曲径通幽，颇有柳宗元笔下小石潭的清幽。与青山碧水相伴的，还有清丽悠扬的山歌声。一开始，我们都以为只是音箱在放，直至水路一转，见一小茅屋，屋前一身着壮族服饰的女子边唱边向我们打招呼。真是好山好水好歌，还有好客的人！在导游的指点下，我们竹排上的一行人便与那女子对起歌来，有模有样，至今都记忆犹新。

桂林的溶洞也是闻名遐迩的。在一溶洞里，游人还能享受“海”“陆”“空”三种交通工具进行游览，即电梯、火车和轮船。对于溶洞，记得的不多了，无法细述。

如果再有旅游的机会，我想，我还会选择去桂林的。

（2007年7月）

舟山印象（一）——看海

怀着对大海的神往，又一次踏上了舟山之旅。

来到舟山的第一天，我们避开了午间的酷暑后，先来到乌石塘景区。这是一个很小的海湾，海水却格外清澈湛蓝，海塘上全是乌黑的鹅卵石。我们在这里乘坐了渔民的小船，听了关于乌石塘的一个美丽的神话故事后，便出发前往朱家尖海滨沙滩了。

我们到海滩时，已是下午四点多，阳光柔和了许多，风也已很清凉了。沙滩上嬉水游泳的游人如织，花色大阳伞、彩色泳衣、鲜艳的救生圈使海滩显得格外缤纷；笑声、叫嚷声、欢呼声在海浪声的伴奏下，使海滩显得格外生动活泼。同行的人中有不少年轻人和孩子，他们一个个迫不及待地奔向大海的怀抱，享受海水的亲吻。我也情不自禁地走向一排排轻快跳跃着前行的浪花，低头看它们轻抚我的双脚。

游泳的，冲浪的，嬉水的，玩沙的。劲爽的海风，清凉的海水，金色的海滩，连绵的海浪。好一幅醉人的南国情调！

在一片喧闹中，我放眼远眺。再使劲，目光都不及海面。是啊，有谁的目光能够与大海相提并论呢。眼睛不够，用心吧。我凝视着，凝视着，努力用自己的心去感受它，去与它默契着……说来也怪，海面上的波涛都是一样的，当它靠近岸边时，我们能见到它翻滚的浪花；

而在遥远的海面，似乎只是微波粼粼；再远些，看起来则更平静。相同的事物，不同只是因为我们看的方法。

来到大海，每个人都能从这里享受自己的快乐——海风拂面的休闲、水亲浪吻的愉悦、乘风破浪地飒爽、宁静致远的深邃，有容乃大的意境……

（2007年8月）

舟山印象（二）——普陀山

普陀山，闻名遐迩，四大佛教名山之一。家乡也有山，也游览过一些山，所以，当我行走在这座名山上时，感觉并无异样——一样的绿树，一样的小径，石板的，或是木板的，一样的不知名的小虫的鸣声。要说不一样，恐怕也只有一个，那就是走在这座山的山路上时，偶尔能在某一处看见美丽的大海——那种俯瞰大海的感觉确实很棒。

我们沿着山路走走停停。每到一个寺院门口，导游便会停下来介绍一番，然后让我们进去参观。炎热与疲劳使我的游兴大减，我几乎连寺院的大门都懒得跨进去，只是坐在门口休息。不经意间，望见路边一棵大树上挂着一块牌子。按照我们的思维惯性，你也肯定会觉得这牌子是用来介绍这棵大树的，其实并不是，这应该算是这座佛教名山上所特有的东西了——上面是一句话“行善者必快乐，行恶者必痛苦”——原来是充满智慧的佛语！这一点让我有些兴奋。于是，接下来的一路上，我边走边开始留意路旁的每一棵大树，果然，每隔一段路，便能看见这样的一块牌子，只是不醒目，让人觉得有些遗憾。“生气，就是拿别人的错误惩罚自己。”“话多不如话少，话少不如话好。”只可惜到现在，记住的只有这几句了，真后悔为什么没有早些发现呢！

一路走一路领略佛之精华，这应该是走在这座佛教名山上最与众不同的了，只可惜很少有人去注意这路边的几行小字。

普济寺等几个景点为点，我们的脚步为线，就这样走马观花地游览了普陀，还真没什么印象，好在门票上印有一首郁达夫的诗，读起来十分有味，就拿来当作本文的结尾了：

游普陀作

山谷幽深杖策寻，归来日色已西沉。

雪涛怒击玲珑石，洗尽人间丝竹音。

（2007年8月）

舟山印象（三）——拜菩萨

舟山之旅的第三天，我们乘快艇前往四大佛教名山之一的普陀山。

舟山的天气，只要没有太阳，海风带来的凉爽会让你忘记这是夏天；而一旦太阳出来，可能是因为空气纯净的缘故，比我们这儿晒多了。第三天照例是艳阳高照，加之前两天旅途的劳累，我已经没有什么兴致去欣赏了，只盼着快快结束这一天的旅程，早些回去休息。因此，在普陀的一路上，每到一个景点，导游驻足讲解，我则迫不及待地找处阴凉地休息，整一个景区，也就进去了一个地方——普济寺，也就是观音菩萨处。

来到普济寺，当然是拜佛了。我在前文提到过，这次来普陀，对佛有着从未有过的虔诚。虽然在桃花岛的拜佛经历有些动摇我不久前才有的诚心，但一路上听导游说观音菩萨是有求必应的，我还是准备虔诚地去拜一拜。来这里前，我的领导好好地传授了我不少关于拜佛知识，他还说，你马上要考试了，这次一定要去拜一拜，在菩萨面前许个愿，菩萨会保佑你的。他还告诉我如何许愿及许愿时要注意的东西。只可惜听的时候稀里糊涂，根本没往心里去，到了菩萨面前，手擎三柱香时，我真有些手足无措的感觉。看看周围虔诚的香客，拜法也各不相同。我有些无助，抬头望望菩萨，心想：要是菩萨真能看见我们，她见我如此窘相怕是会笑出声来吧？不管了，拿起香，随便找个地方一站，拜了几拜，心中默念的不是想要达成的心愿，而是“菩萨呀，我不懂这种规则，第一次敬拜，不对之处，千万别怪罪我！我的心是诚的，我会多多行善的。”完了之后想想不对，菩萨还不知道我的心愿呢，便又来到别处的佛像前，拜了拜，说了说自己的心愿。

整一个拜菩萨的过程中，心中一直是忐忑不安的，时时担心自己哪些地方做的不对，遭菩萨的不满。当然，一边也不忘用“不知者无罪”来宽慰自己。这样的心情，不由得想起了母亲曾经的说法。小时候母亲一直忙于生计，家里从来不搞诸如“做祭祀”“请菩萨”等仪式。每逢过年前看邻居家一户户忙着请“灶君菩萨”，母亲总是这般自我安慰：“我们是不专门请了。如果真有灶君菩萨的话，那请他每天都来好了。每次烧完菜后我们都放在灶上，你就每天来吃一点吧！”这样的说法不也挺有道理的吗？于是我也学着母亲的样子默默地对菩萨说：“菩萨啊，您若真有灵，看我是个善良的人，也会保佑我的，是不是？”

想起一句话：“佛在我心，我就是佛，不拜也罢。”于是便心释然之。

（2007 年 8 月）

海南印象

如今，网络的便捷让各地最美的自然风光图片唾手可得，看风景已不再稀罕，出去旅游，重要的是感受与体会。

这一次选择去海南，就是想让自己融入椰林沙滩的南国风情中去。

下飞机已是下午四点多，地接直接拉我们去吃晚饭了。没想到，吃晚饭的地方就靠海！我们这里，临江便是雅座了；到了海南，吃团队餐居然可以“面朝大海”！我们一行便要求先去海边散步。之前也见过海，但站在沙滩上，听着海浪哗哗的拍打声，还是被深深地陶醉了。这个时候，就想这么静静地站着，什么也不干——我总认为，游泳嬉水与看海是风马牛不相及的事。就这么站着，看浪花不知疲倦地行走着，看细沙不断地翻着跟斗，尽全力看究竟水与天在何处相接……看着看着，心胸似乎也与大海一样宽广起来，心情似乎也与海面一样平静起来，小小的喜悦如同这海浪，开始冲刷着我的灵魂。

曾经看到过一副回文联：“雾锁山头山锁雾，天连碧水碧连天”，是赞美鼓浪屿的风景的。但当我来到海南看到这里的水这里的山时，又情不自禁地想起了它。如果说站在海边看到的是“天连碧水”，那么，接下来就说说“雾锁山头”了，哦，确切地说应该是“云锁山头”吧。第二天我们由三亚出发前去兴隆，一路上透过车窗向外望，山不高，但云更低，就是山腰，甚至是山脚。远处，那厚厚的、带状的云条静止在山腰，那山则显得更秀气了，好像一个六七岁的小姑娘，穿一条跳芭蕾的短纱裙，只等那音乐一奏响，她便会翩然起舞。有时，车子离山比较近，你就能看见那几朵轻盈的小云，似乎就在车窗外："看！云儿！"第一次领略高高在上的圣洁的白云也可以如此"平易近人"的，心中满是惊喜。

去了海南，不能不说说那里最常见的热带植物椰子树。椰子树高大，但不粗野，丝毫没有北方的粗犷与剽悍。你看它们的叶子，大，但是狭长，每一片叶子都下垂——即使是树的顶端刚抽出来的新叶。那一低头，便将它们的妩媚与谦虚展示得淋漓尽致。整个海南之行，见得最多的就是椰子树了，公路边，农田里，酒店门口，海滩上……每每望着它，就会想到"南国风情"这个词。椰子树，真的很对得起"风情"这个词语的。椰子这水果也实在是特别，外壳坚硬，里面全是液体，我一直想，椰子，该是太阳与海水的结合体吧。而且，据导游讲，椰子在海南人的眼里，确实是很神圣的，剖开的椰子是不能带上旅游车的，认为那不吉祥。我想，椰子树，当它结出椰子的时候，肯定不是为了给人类解渴的。

（2011 年 7 月）

西溪印象

外面又在下雨了。初夏的雨，少了春雨的缠绵悱恻，亦没有夏日雷阵雨的凶神恶煞，爽快，尽兴，扫除初夏的燥热，洗涤污浊的空气，让人很惬意。听着雨，很自然地想起了上周六玩赏的西溪湿地了。

那天也是雨后，是属于“撑一把伞不嫌多，很够味，把伞收起来也无碍”的天气。我们在景区门口等导游买票的那会儿，同事们一边庆幸这天气，一边互相打趣儿，不打伞的说打伞的婉约，打伞的说不打伞的浪漫。我说:“真是应景！假若这地面不湿,哪还叫‘湿地’呢？”同事笑了。

说实话，虽然“西溪湿地”这一景点名字早就如雷贯耳，但还真没什么概念，更是第一次来。印象中,“湿地”嘛，大概沼泽类的东西吧，还总是和《可爱的草塘》一文联系起来。若真的能像草塘一文中所描述的，那应该是非常美丽了！

人说“相见不如怀念”，对于景点，我看是“相见不如想像”吧！可能自小在江南农村长大的缘故吧，对于水，对于植物，并没感觉有多少稀奇。而且那里的水，一点也不干净，甚至还可以说十分浑浊。当船行驶在河道中时，导游介绍说这水质属地表类五级，因为水浅，行船频率高。自然，当它被迫地为人类服务时，它其实早已不是自然了。

那么，我们的行程又何所谓走进自然呢？

尽管如此，不过与其他景点相比，西溪的“自然”之处还确实不少。行船中，河道两旁的植被是毫无修饰的，各种似曾相识的野草、小花、树木，不加任何修饰，有几片草叶枯黄着夹杂在中间，野花也有怒放的或者凋零了的，但这丝毫不影响自然的生命力，反而让人感觉到野性的张力，不是吗，粗犷的略带野味儿的东西总是更显蓬勃的生机。上岸后，除了那些芦苇以及那种开紫色花串的水草（叫不出名字，花形有点像勿忘我）是人工栽上去的，其他的植被基本都是自然的，很杂，很密，高的矮的，大的小的，满目是绿。路边的野花星星点点，和小时候在田间看到的一样；路边或水里的空心莲子草（我们小时候称作“革命草”）开满了白色的球形小花，许多叶子都被虫子蛀了，泛着黄。大概是因为雨后吧，空气格外清新，深吸一口，仿佛咽下了一大口负氧离子。

走着走着，看到一座塔，没记错的话，应该叫“和诸塔”吧。登塔远眺，绿色尽收眼底，高低起伏，或浓密或疏朗，或静谧或灵动。目之所及皆是绿，绿透心间沉碧澄。

绿树，水，水草，即为湿地也。

（2012年5月）

太姥山印象

之前去过雁荡山，虽然很多年了，但那里姿态各异的山峰给我留下了很深的印象。在那里，我第一次直观地感受到什么叫“移步换景”“一步一景”。这次雁荡山和太姥山同时作为备选地点，大伙们都一边倒地选择了太姥山，让我对那里充满了期待。

我们此行两天，三处景点。第一天上午动车，下车后午餐加休息，下午两点出发去第一个景点——牛郎岗海滩。

一路上，地导对这个海滩的描述十分诱人，连说好几个“最”。然而，旅游多半是“相见不如怀念”的遗憾事儿。下车后，步行去海滩的一段路上，倒也风景不错，绿树掩映，山风阵阵。等到海滩真的出现在我们眼前时，我们不禁有些失望：啊？才这么点儿地方呀！我们这一拨人两年前都去过海南，游过亚龙湾海滩，真可谓“曾经海南难为海，除却亚龙非海滩”了。于是，我们在水边站了一会儿，同级段的同事们拍了几张照片，便回岸上聊天休息等待集合时间了。

第二天上午，我们去了此行的标志性景点——太姥山景区。

山顶两块高耸的巨石，仿佛两个人面对面，既似母子情深，又像一对恩爱的恋人。这便是太姥石了。一般来说，有名的景点，总会附带一个美丽的传说，故事与景色相互映衬相得益彰。只是这个故事也只是很普通的美丽，网上一查便知，不费言赘述。

当我们站在山脚下得知要爬上抬头所见到的山顶时，都有点害怕，甚至好些同事都说不上去了，在原地等。若干年前，我也这样，但现在想法有些变了，既然千里迢迢到了一处地方，不管是好是坏，累或不累，总要去看看。其实，真迈开腿走了，也还好，并没有想像中的可怕。所以，很多时候，我们不是被事情本身所打败，而是被自己的想法所击溃。

一路上，停停走走，看看那些导游口中的景点，望望和我们一样远道而来的游客，伴着凉爽的山风，听着潺潺的溪流声，拾级而上，很快便到了可以俯瞰太姥全景的山顶观景台。那天天气多云，便免去了日晒之苦，太阳只是偶尔露露脸，告诉我们天气很不错。加上有风，吹散了山间的雾气，能见度极佳，站在观景台上，姿态各异的石块在绿树的掩映下或俏皮或庄严，颇见大自然的鬼斧神工之力。

爬山过程中，我们还排队等候过“一线天”——一行人逐个挤过只容一人侧身才能通过的石壁缝，颇有小孩子玩捉迷藏的味道。

吃过午饭，我们游玩了第三个景点——杨家溪漂流。

坐竹筏漂流在杨家溪上，脑海中不时跃出课文《桂林山水》一课中描写漓江的水的句子：“漓江的水真清啊，清得可以看见江底的沙石；漓江的水真绿啊，绿得仿佛那是一块无瑕的翡翠……”当然，这不是江水，是溪水，没有第三个特点“静”，但一定不会觉得遗憾，因为溪水是那样活泼，更添趣味与生机。曾经在漓江上坐船从桂林去阳朔，一路上，只觉得那江水玷污了好文字；如今看着这杨家溪的水，感觉这水真好，又重新将那些文字冲刷得干净真实。不得不再次提一提好天气——有风，却没有阳光，空气通透清亮，真让人心旷神怡。

这次出行虽说只有两天，但看到了好风景，有了好心情，便是一次十分完美的旅游。太姥山，真高兴看到你！

（2013年7月）

第五辑　成长花絮

然好好地为自己的“暴力”辩护了一番。

事情说完了，也笑过了。最后不得不提一句这篇文章结尾那个出乎我的意料又意味深长的对话：（这位父亲准备好好地设计一下教育孙子的方案。书没在旁边，凭记忆，但意思相同。）

儿子：“我才不让你们带我的孩子呢！”

父亲：“为什么？”

儿子：“隔代亲。孩子被你们宠过还行吗？”

父亲：“那你们准备怎样教育孩子？”

儿子：“打呗！不打不成才！”

（2007 年 6 月）

“窗帘吵架了”

“妈妈，你看，风这么大，窗帘好像在吵架呢！”昨天早上，当躺在地板上的儿子望着窗帘说出这句话时，我蓦地想起自己曾经记录的《“窗帘在跳舞”》。同时，一年多前那个场面清晰地再现：儿子躺在小房间的床上，蓝底卡通画的窗帘轻轻地舞动着……

“是啊，窗帘和风在吵架了。那你想想，它们会吵些什么呢？”为了进一步试探儿子的想像力，我即兴“设计”了这么一个问题。

“我不知道。”他想都不想。儿子除了他自己要说话，对于其他我的提问，他基本都是“不知道”。难道是遗传了我的懒？真有些郁闷。老师也说，儿子对任何活动参与的积极性都不高，上课也从不举手。唉，这么好的一道“思维训练暨说话训练题”就这么浪费了。我不死心，继续开导：

“窗帘为什么可和风吵架呢？肯定是因为风推它啊。”我努力在为他开个头，还模仿着窗帘说，“你为什么推我？你为什么打我……那风又会怎么说呢？”无奈，一切都是徒劳，儿子还是一句话：“我不知道。”顿了顿，他又说：“妈妈，你说嘛！”哼，我才不说呢！窗帘故事只好到此结束。

（2008 年 7 月）

“3+6=11”（外两篇）

“3+6=11”

前一阵子，儿子把自己的QQ名以及其它的所有网络昵称都改成了“3+6=11”这一奇怪的算式。

要说它的来历，还得从上学期的期末考试说起。左边6片树叶，右边3片树叶，要求看图列4道算式。儿子的答案是“3+6=11”系列的，结果一下子扣了4分，叫我哭笑不得。此后好些天时，我都拿这个算式来取笑他。一次心血来潮地说：“把QQ名改成‘3+6=11’吧。”他很高兴地改了。

谁都知道我的初衷：改名是为了让他记住这一次的教训。可瞧他乐的，纯粹是好玩！天哪，这难道就是所谓的“代沟”吗？

瓦片的作用

正月里带他去表哥家吃饭。时间还早，便四处走走。虽说现在的农村也基本没有了田园的气息，但比起钢筋混凝土的城区来，还是能偶尔发现一些农村的“标志”的。我们漫无目的地闲逛着，看看沟渠，踩踩田塍，认认野菜……

路边，堆着一堆黄砖。“添，这是什么？知道是干什么用的吗？”“砖头嘛，造房子的！”呵呵，回答得还挺快，书没有白看啊，我这样思忖着。

再走几步，又见一堆瓦片，“那这又是什么呢？”我边问边想着这下肯定难住他了，像这种小块儿的青瓦，如今确实不多见了——只在老房子的顶上。“瓦片呗。”想不到小家伙的认知能力远在我的想像之外。

“那它们又是干什么的呢？”我继续追问。

“……不知道。”

“瓦片啊，是盖房顶的……”要说瓦片的作用，还真不好表达。估计小家伙说“不知道”也是因为这一点吧，因为他接下去马上就说：“妈妈，你说错了！瓦片是用来补天的。你看，本来下雨的时候屋子里要漏水，有了瓦片就好了，不是把天补住了吗？”

哈，有点“青出于蓝而胜于蓝”的感觉哦，我开始自我陶醉了……

香喷喷的南瓜饼

儿子向来黏我，每天睡觉前，总不忘叮嘱我：“妈妈，你待会儿睡我的被窝来啊！”躺下后，总要反复问“你什么时候睡”“还有几分钟”之类的。上星期的一个晚上，我因为刚上班觉得累，也早点去睡了。刚一钻进被窝，刚刚还睡得呼噜噜的他突然把眼睛睁得很大，看了我一眼，美美地笑了：“妈妈你睡了？真好！嗯……香喷喷的南瓜……”还没等我来得及说什么，他一个转身，又呼噜噜地睡去了。呵呵，这小家伙，让我想起他曾经说过的那一句“跟妈妈一起睡觉是甜甜的”。

（2010年3月）

差 距

暑假的一天，儿子问我：“妈妈，你说蜘蛛是昆虫还是动物？”我暗自笑他这个糟糕的问题，并自以为很聪明地回答：“昆虫也是动物啊，你怎么这么问呢？当然了，蜘蛛是昆虫。”见我这么自信，又对他的问题提出质疑，儿子接下来说话的语气明显变了：“妈妈，蜘蛛好像不是昆虫。”“怎么会不是呢？”我十分确定地反问。一旁地老爸笑我：“当然不是昆虫了！我可是权威，我说的一定是对的。添添，你妈错了。”这下，儿子的信心又回来了：“是说嘛，昆虫的身体都分三部分的，蜘蛛只有两部分；还有，昆虫都是六只脚的，蜘蛛有八只脚呢。所以它是动物。”不得不夸他。

虽然受到了爷儿俩的嘲笑，但心里还是蛮开心的。刚读完一年级，就能通过自己的课外阅读进行知识积累，真的很让人欣慰！

10月4日那天，故事有了续集。

儿子的同班同学，也是他最要好的朋友小王来我们家玩。吃中饭时，小王真可谓“高谈阔论”，我那向来被我认为爱好阅读知识丰富的儿子，在饭桌上只有听的份了。说着说着，又说到了昆虫上。小王说，法布尔的《昆虫记》他都看过五六遍了。关于蜘蛛是不是昆虫，小王如是说：“蜘蛛当然不是昆虫了。昆虫都是有复眼的，蜘蛛没有；而且，昆虫都长着三对足，有三个体节。所以蜘蛛不是昆虫。”听着如此专业的术语表述，我除了佩服，剩下的便是汗颜了！这叫做“不比不知道，一比吓一跳”！

在每个父母的眼里，自己的孩子永远都是最出色的。小时候，经常听农村里的老人说：“庄稼别人家的好，孩子自己家的好。”现在网络上也经常能看到这样的话：“老公永远是别人家的好，孩子永远是自己家的棒”。当然，分析一下客观原因，也是很好理解的。庄稼全摆在地里，我们可以横向比较；人家老公赚多少钱长得怎么样也全摆在外面，很方便进行横向比较，而孩子，永远都只是纵向比较：今天的他比昨天的进步了；今年的他比去年的能干了。再加上与生俱来的那种血肉亲情，怎么看都是自己家的孩子顺眼了。

不过，看到差距还是很重要的。作为老师，更希望班内孩子们的家长能理性地看待孩子，客观地评价孩子，正确地认识并承认孩子与孩子间存在的差距。

（2010 年 10 月）

“‘吹笛子’借给‘看书’五分钟”

儿子酷爱看书，可是眼睛却不争气，早早地近视了——我从不奢望他不近视，只是一直希望他能晚点近视，比如等到高年级，或者等到读中学。没办法，杜绝了电脑电视，还得控制看书。

刚才7点半了，儿子洗漱完毕进房间，我说：“吹15分钟笛子，然后马上睡觉。”“妈妈，‘吹笛子’借给‘看书’5分钟。”他居然如此脱口而出。

“不行！”

“行的啦。‘吹笛子’和‘看书’是认识的，就像我和钟熠一样。”真叫我哭笑不得！但不能否认的是，他的这句话绝对有效，我答应了：“好好好，你去借吧！”

他屁颠屁颠地去出拿笛子和书了。

进来时，他一手拿着笛子和书，一手拿着一块之前刚从超市里买的蛋糕:“小咪侬，快！”说实在的，我真是不想吃，却怎么也拒绝不了，只好往嘴里塞。原来，从超市回来，我顺便去洗头，爷儿俩回家先品尝了蛋糕，儿子说味道好极了。虽然是硬塞的，还真觉得味道不错呢。

马屁拍到家了，他便更“猖狂”了：“妈妈，你说我看书是五分钟还是十分钟？”问是这么问，其实他心里早有主意了，软磨硬泡地把时间延长到了10分，然后一定会在我喊停的时候再赖个几分钟。至于吹笛子，他知道我不会给他控制时间，便先放一边去了。

“呵呵……我还以为……原来……”瞧，边上的他正边笑边自言自语着呢！

（2012年2月）

“玩耍达人”杂事二三

从前段时间的各式陀螺、自制陀螺，到近些日子的纸飞机，从一个塑料圆盖到“三国杀”，从一个笔头到插在门上的广告纸……在儿子眼里，没有什么东西是不可以玩的。为了玩，他争分夺秒地完成作业，好几次因为过于积极而把老师删除免做的作业给先完成了。虽是复习阶段，对于玩的时间和质量，他是从来都不打折扣的。因此，称他为“玩耍达人”一点都不为过。

一个笔头、一个毽子上的金属圆片，插插粘粘，变成一个陀螺，早已是过去式了。近些日子，他迷上了纸飞机，什么“折叠式”、什么“滑翔式”，重型机头的、波浪型机翼的，大机翼的、小机翼的，大小一般的、迷你型的……草稿本、手工纸、超市购物之后的电脑小票……都是纸飞机的原材料，至于那些花花绿绿的广告纸，更是免费好材料。一次回家，他居然把整个楼道中插在门上的寒假培训班的广告纸全搜回了家！我笑他：“哟，你是想参加寒假补习班吗？”更叫人大跌眼镜的是，好几次，他居然用语文试卷也来折！用试卷折飞机，能读好书吗？真是奇葩一朵了！

近段时间放学做完作业后，他总是去一年级办公室找同事的孩子小王玩。小王上一年级，也是个爱玩的男生，一次同事笑我儿子：“怎么找一年级的小朋友一起玩呀？”其实，我挺同情他的，除了上一年级的小王，其他高年级的几个孩子都忙着做作业，他根本就找不到玩伴呀。

上周买了“三国杀”，却苦于找不到对手玩，只好教他爹一起玩。昨天下午，家里来了个小伙伴，总算可以痛痛快快地“杀”一回了！下午就三个小的在家里，我四点打电话回家了解情况，他说除了玩“三国杀”，还玩了弹弓。我问哪来的弹弓呀，他说自己做的呀！我问怎么做的，他说：“刚才我去楼下超市买了两盒木头铅笔，家里不是有橡皮筋吗？就可以做了。”晚上我回家，果然看见茶几上放着的用几枝中华铅笔几根橡皮筋做成的简易弹弓。

其实证明，玩与学习并不矛盾。玩的过程，本身就是发展思维的学习过程。上星期英语、科学期末考试结束了。英语不难，满分。看了他的科学试卷，我感觉儿子玩得还不够，因为科学试卷上他错了一题，是老师没有复习过没有讲到过的：“哪种物体敲打后发出的声音最高？”儿子先选了“铝箔纸”，后又改成“棉线”了，他说他不知道“铝箔纸”是什么。如果他在吃完费列罗的巧克力后，能把包在外面的那张纸当玩具玩一玩，或者折折纸飞机，听听声音，没准他就能把这道题目做对了。

后天就是语文、数学的期末考试了，希望“玩要小达人”能把平时玩要过程中的智慧正确运用于学习，在期末考试中取得好成绩，从而也为自己的玩要更增加点底气。

（2013年1月）

数字的宠儿

越来越发现，儿子对数字极其敏感。

每一次坐车，只要路途稍微远一点，比如去乡下奶奶家，他就会问他爹：“爸，你开的是几码？”然后再问我离目的地有多远，接着，便念叨着算大概再过几分钟就可以到达。昨天去梁弄，又是如此。有时去上学，他也会问一些稀奇古怪的和数字有关的问题，比如问我们的这辆车是多少钱买来的，有多少重，然后自己无厘头地算这辆车平均多少钱一斤;或者问这辆车是几平方米，去算算每平方米大概多少钱。

当然，他也会把我们两人的收入算得十分清楚，倒不是因为他在乎钱，而是只要有数字出现，他便会很感兴趣。他喜欢算我每一天的收入是多少，用很多种方法来算，有时也会算我们三个人平均每天可以用多少钱。至于现实生活中的花钱，他还是一样没感觉。

周五的思维训练题鲁老师放在QQ群里，需要自己下载。他爹帮两个小的各打印了一份放在车里。题目是三道用简便方法计算的计算题：

90000÷125÷2÷5÷8

99+17×19+17×80

99999×7+11111×37

昨天吃过中饭回来时，在车上他看见了，打开一看，便对我说:“哦，这简单，你看，第一题只要除以后面四个数的积就好了，第二题……”他很快地把三道题目的思路跟我说了一遍。对于第二题，我都还没怎么反应过来，“是不是老师题目出错了？第一个数怎么会 99 ？应该 17 才对吧？”“是 17 就简单了，这样也可以简便的，你看……”对于他的很多话，我都是没有耐心听的，这回也一样，一般来说，他说的都不会错，我也懒得动脑筋了，就“哦哦”地应了过去。

昨天回来后，把他放小熠家，自己便有事去了，那张思维题还是在车上。

今天早上上学路上，他看见练习纸，告诉我们他题目还没完成，“不过没关系，我待会儿做一下很快的。”他马上自我安慰，当然也是安慰我们。“那小熠怎么办？你们昨天下午怎么不做，小熠家电脑里看一下不就好了吗？”“她家电脑被舅妈锁了，不能看呀！不过小熠早做好了！”这下我可想不明白了，她做好了？“是的，小熠做的题目我给她报的嘛，昨天我不是车上看过题目了呀！”“那你自己为什么不做？”“因为我的思维题的本子在家里。”

事情弄清楚了。同时也佩服儿子的记性。这三道题目，虽然不是那么难，但要说简单也算不上吧，那么长的数字，可他居然可以看过一遍就全记住了，把题目报给小熠完成。

此番记录，我为拟题目费了不少神。突然觉得，儿子可以算是数字的宠儿吧，在数学天地里，在数字的海洋里，他如鱼得水，自信畅游。或者，也可以这么说，那些数字是他的宠儿，因为到了他的脑瓜里，那些数字便很精神气儿又很听话地任他摆布了。

（2013 年 4 月）

两小儿回家记

小时候的我，听得懂勺子里的水跑进热水瓶里去的歌声，水到半瓶了或是快满了，从来不用眼睛看。

小时候的我，看得懂灶眼里火苗的舞姿，什么时候不用再添柴火了清楚得很。

小时候的我，闻得出一粒大米不同时期的特殊气味：从清明孵在箩筐里时的暖臭味到六月站在穗尖的清香味，从刚蹦入打稻机里时的泥土味到晒在阳光下稻香味……

小时候的我，没有好吃的好玩的，却也从没闲着，在生活这本大书中来来回回地走着跑着。虽然不识其中的任何一字，却深谙它的味道。

儿子和侄女今年十岁，每天有好吃的有好玩的，当然还有做不完的作业。每一天，他们都奔走在书本中、文字堆里。文字，告诉他们许多知识，却无法给他们关于生活的本领。

昨天期末考试结束，两个小家伙就在家里享受了。今天下午，因为录入成绩的需要，我把他们两个叫到学校来帮忙。

两点多，干完了。又玩了一会儿。看他们实在也没什么事做，就遣他们先回家。

“自己乘公交车去，可以吗？”天天汽车接送上学的他们，只跟着我们乘过几次公交，更不用说是单独了。

“好的。”“我上次跟奶奶乘过，我知道的。”两个人都答应得很爽快。

四五公里的路程，公交车十来站吧，下车后再走五六分钟的样子。因为是两个人，所以也挺放心他们的。于是，给了各自一元硬币，另外还给了15元零钱备用。也没叮嘱什么，只说了声“到家了打个电话回来”，便让他们从办公室出发走了。

我看了下时间。3点18分。

3点50分，我打电话回家，嫂子和母亲居然都出门了！这下可好，两人该去哪里啊？再打手机，还好，母亲刚走到小区门口。于是把情况跟她说了。母亲说她去车站接。

4点12分。母亲打电话来，有点急：“什么时候出发的呀？怎么还没到？”我没告诉她出发的时间，怕她担心。有点奇怪，但也不紧张，想想两个孩子，应该回得了家的。可能等公交车的时间比较长吧？我这样想着。

4点19分。电话打过来。是儿子。“我们到了。”再问，告之，原来公交车方向乘反了，一直乘到城东的终点站人民医院，然后再用我给的备用钱打的回家。打的也没直接打到家里，而是到他学笛子的附近他认得回家的路了就下车了。因为钱不够了。出租车打表显示15元，而两人口袋里只有14元（其中的一元刚出校门时买吃的了），加上燃油费需付16元，少了两元，司机说算了。然后两人再走了近十分钟。

边听电话，我边狂笑。笑他们的没用，连公交车方向都会乘反。

傍晚回家。将此事如此如此跟嫂子一说，她也狂笑。担心的就我妈一个，一个劲儿地庆幸没有被骗走，平安回来了。要知道，城东到家里，十多里路呢！

笑过之后，开始总结。先我妈表扬他们，很能干，这么远的路，总算回来了。接着，我批评：1. 公交车站牌不会看。乘车前，应该先看懂站牌，除非很熟了。特别要学会看清上面的箭头方向。2. 不会问。其实两个人早就察觉可能方向相反了，却傻傻地一直乘到终点站。感觉不对劲时应该向司机询问情况，并请教接下来该怎么办？完全可以下车到对面继续乘公交车回家的，白白浪费打的的钱。3. 单独打的是不对的。打的的安全系数比乘公交车低得多，容易被骗。应该找人借手机给大人打电话，或者问可靠的人（如公交司机）继续乘公交车回来。

最后，我告诉他们：生活的本领，比考试得 100 分还重要。两人似懂非懂地点点头。

我本来还想加一句：你们两个每天就知道看书，其实，生活才是一本最大的书啊！怕他们听不懂，便又咽回去了。

（2013 年 1 月）

不拘小节

儿子在学校的奥数竞赛中得了一等奖，而且是满分，于是奖励他吃必胜客。昨天放学后，带上侄女一起前往万达。

披萨上来了，儿子叉一块到碟子中，然后边把小块儿的青椒拨掉边说："青椒我不要吃。"看我一眼，又赶紧解释："玉米我会吃的，我就是青椒不要吃。"儿子向来不喜欢吃蔬菜，所以在这方面我相对比较唠叨。

"一个男孩子，能不能不要这么挑剔？男孩子嘛，应该大大咧咧的，什么都不计较的那种……"还没等我把话说完，侄女小熠接道："就是嘛就是嘛！不拘小节懂不懂？古之成大事者，不拘小节！""妈妈允许你不喜欢吃那些有特殊气味的食物，比如洋葱，但对于大多数相对普通的食物，你都必须尝试，吃习惯了就好了。"

在我们两人的轮番轰炸下，小子乖乖地把拨在碟子一边的青椒扒进了嘴里。

晚餐继续。接着上了他自己点的千层面。吃着吃着，不小心把面皮儿掉到衣服上，顿时油渍狰狞。"唉呀！"我和他爹同时着急，昨天穿的是件新T恤，而且是白色的。"没事没事，不拘小节嘛！嘿嘿……"只见他往油渍上抹了两下，调皮地冲着我们如此安慰道。

好吧，不拘小节，只是不清楚你的新T恤喜不喜欢你的"不拘小节"呢？

儿子和他的小驴头

29 日傍晚，儿子跟着舅妈去香港旅游完毕回家，本应很高兴的他，却十分落寞地告诉我：“小驴头找不到了。”

说起这个小驴头，真是其貌不扬。灰不溜秋，造型简单，本是班上一同学笔袋上的装饰品。用得旧了，掉下来了，便在班级里扔来扔去地玩。对于玩，儿子向来是精通的。所以，玩着玩着，这个小驴头就归儿子了，他还因此得过“小驴哥”的绰号，不过后来大家都淡忘了。

从去年到今年，这个小驴头就一直陪伴着儿子。儿子因为幼稚常带着驴头，而小驴头则让儿子更加幼稚。上半年开始，小驴头更是寸步不离：上学，回家，吃饭，甚至上厕所。有时我在外面跟他打电话，他说完后也不忘拿小驴头在话筒边，学着驴头说话跟我打招呼。暑假里，儿子参加了编程和奥数的兴趣班，小驴头一样天天陪伴在侧，以至于学习结束后，儿子说:“小咪侬，小驴头也天天在听课，估计 70% 的内容他都听懂了。”

或许是爱乌及屋吧，我对小驴头，慢慢地由讨厌（因为实在是长得不可爱）到接纳了。有些也会和儿子一起逗着它玩玩，说说话。7 月，儿子跟着他爸去了九寨沟，自然不忘带上小驴头和“小饺子”（一个饺子形状饺子大小的毛绒玩具）。背着他们上飞机，藏在裤兜里一起看九寨美景，在拍照片的时候，也不忘为他们留下纪念。8 月，侄女去云南，他们一致认为也应该带上这两个小家伙。于是，小驴头和饺子又幸运地去云南旅游了一番。8 月底，两小人一起去香港，小驴头和饺子更没有理由不去了。

遗憾的是，回到家里，他们怎么也找不到小驴头了。说是下车的时候还在的，应该是回家的时候行李太多不小心掉了吧。

小驴头丢失一周了，可儿子天天惦记着他。这两天，他每天都会告诉我，小驴头昨天发微信给他了，说是已到金字塔；小驴头今天又告诉他去了哪个石窟，还说过几天要去长城了。我自然也告诉他，是的，小驴头被你们带出去旅游几次，他爱上旅游了，看你们两个要上学，所以他就独自去旅游了。

如此一来二去，我对驴头的离开竟也生出了不舍之情，仿佛那小驴头是精灵，充满着最美好的感情。想起曾经听过的一个讲座，说是有个实验，分别对着两碗相同的米饭赞美和批评，结果被赞美的依然新鲜如旧，遭嫌弃的则腐烂发霉。或许，儿子的感情，真能让小驴头成为精灵呢！

因为那些不舍。故记之。怀念离开我们的小驴头，怀念儿子即将逝去的童年和童真。毕竟，他是六年级的孩子了。

（2014 年 9 月）

高度与距离

中午我在理发店洗头，儿子来接我。然后一同走在鼓楼背后的那条小街上。街的北侧是店面，离路面四五格台阶。

我们并排走着，我一搭他的肩，便照例嫌他矮。于是，他走上一格台阶。并排走，超过我肩膀好多了。我说："唉，要是我们平着走，你有这么高了，那该多好！"

一边盼孩子长大，一边怕自己老去。这似乎是这个年龄的女人的共性。

听我这么一感慨，于是，他再上一格台阶。显然，更高了。"囔，超小咪侬的头了啦！"我伸手揽他，可是有点吃力了。

他继续再上一格。再上一格。于是，我根本够不到他，只是看着他渐高渐远。

突然，我发现，孩子刚才的表现，似乎是他成长的缩影。小的时候，他天天在我的怀里；后来长高一点了，我只需要牵他的手；现在，我只要站在他旁边；等他再高些，离我便更远了；如果有一天他长得比我高了，那么，我想再揽他，还能够得着吗？

我如此这般地把想到的告诉他，并问他："等你长到比妈妈高的时候，会不会嫌弃我，离我远远的？"他自然说不会。但真到那个时候，他长大了，有自己的生活了，怎么可能还一直陪伴在我身边？也或许会身不由己？想到这里，不禁有些小小的失落。

长得越高，离得越远。应该是这样的吧。所以，你的成长路上，我会多多陪伴。

（2014 年 9 月）

馋，玩，烦

（一）

话说儿子看了我写的下水文，大呼：“小咪侬真厉害啊！”我也一样戏谑他:“哟！能得到学霸的夸奖，不甚荣幸啊！”然后娘儿俩哈哈大笑。

（二）

“人家都说高富帅、白富美，我呢，也可以用三个字来形容，小咪侬知道是哪三个字吗？”

“馋！”对了！因为刚刚在说他馋的事情。他动不动便说饿，想吃东西，我纠正他:“你这哪里是饿啊，分明是馋嘛！”他也不否认，说是啊。于是有了刚才的一问。

“那还有两个呢？”

“懒。”

“不对。韵母也是 an，不过是第二声的。”

“烦！”

“对了！”

真是知儿莫如母啊！

“第三个呢？”

要扣 an 的韵母，又是一个字，形容他的特点，我一下子还真说不上来。

“玩啊！你看……”

对哦对哦，还没等他说完，我便恍然大悟！

馋，烦，玩，这就是他对自己的评价。

（三）

正月出去做客，整理好东西下楼后，突然发现他忘带了一样，于是自己折回楼上拿。

下来时，气喘吁吁，走路一拐一拐。这是怎么了？

“小咪侬赖皮的！”这是他习惯的开场语，“我不想换鞋子，所以你知道我是怎么进去拿东西的吗？我是爬进去的呢！唉呀，膝盖好痛，累死我了！”

哈哈哈哈哈……为什么形容他的三个字必须是第二声的呢，“懒”字也很合适啊！

（四）

昨天起，他又开始了朝八晚九的生活了。而今天，临山老表正月请吃饭，是请假去吃饭呢，还是坚持上编程课？一向没有把学习管得太死的我纠结了一下，让他自己选择。没想到，他不假思索地说：“去上课啊！”然后他继续向我解释，虽然那里有他最爱吃的蛇排，但这个编程课落下后就没得补了呀，吃嘛，以后还可以吃的。在我眼里一向幼稚的他，这会儿，分析得头头是道，俨然一个大人了。

（2015 年 2 月）

后 记

一次偶然的机会，万校长来我们办公室，说到我们的国文教材，说到顾校长的校本教材，说到老师可以出个人专著，我便不经意地插了一句，文章我倒是有一些。万万没有想到，一年后，当初一句随意的闲聊竟在万校长的多方联系与努力下，慢慢变成了事实。至今想来，仍然难以置信。但初稿，却已经真真切切地送到了我手上。

从一年前的筛选整理文章，到如今的初稿在手，心绪始终十分平静，平静得让我自己都有些意外——毕竟是一本书的诞生。要说有感触，也只有两个字，那便是感谢，感谢学校给予的机会，感谢万校长的联络安排。细细想来，内心的平静是有缘由的。我知道，自己的文字与“书”，这两者之间还是不对等的。虽然，书中的每一个文字，都是我用心写成的，都是我最真实的生活与心境的记录，都是我最最珍爱的，这毋庸置疑。然而，我也很清楚，这仅仅是我自己敝帚自珍而已。这一年来，每一次万校长通知我，初审通过了，二审通过了，进入三审了，我总是不敢高兴，甚至有些惴惴不安：我的文字，真的能编成书吗？

生活中的我，是个率性随意的人，总觉得反正自己没安坏心眼，便什么都无需掩饰。穿着打扮如此，说话聊天如此，待人接物亦如此。我最不怕的，就是被人误解；我最相信的，就是“日久见人心”；我最学不会的，就是迎合与奉承。所以，我的文字也一样，一样的率性，一样的无拘，当然，它们也不美丽。但是，它们很真实，我想，这已经足够。

周国平在他的自传里说："我的经历实在是很平凡的，如果本书中的确有一些对于读者有价值的东西，那肯定不是这些经历，而是我对这些经历的态度。"诚然，对待生活的态度，那才是真正的智慧。可是，我的文字呢，我既没有有价值的生活经历，更没有灼灼智慧。我只希望，它们和其他文字一样，能让人在阅读的过程中慢慢静下心来。

2016 年 1 月